西《さい》遊《ゆう》後記《き》

一 還《かん》の巻

斉藤 洋・作
広瀬 弦・絵

理論社

西遊後記《さいゆうこうき》

一

還《かん》の巻

「還の巻」
主な登場人物

東《とう》海《かい》竜《りゅう》王《おう》敖《ごう》広《こう》

竜宮に住む竜王四兄弟のひとり

辮《べん》機《き》

玄奘三蔵の四番弟子

猪《ちょ》八《はっ》戒《かい》

玄奘三蔵の二番弟子として天竺にお供をして「浄壇使《じょうだんし》者《しゃ》」という名をもらった。いまは婿《むこ》入《い》り先の高老荘に戻っている

沙《さ》悟《ご》浄《じょう》

玄奘三蔵の三番弟子として天竺にお供をして「金身羅漢《こんしんらかん》」という名をもらった。いまは三蔵とともに弘福寺《こうふくじ》にいる

孫《そん》悟《ご》空《くう》

石から生まれた猿。玄奘三蔵の一番弟子として天竺にお供をして「闘戦勝《とうせんしょう》仏《ぶつ》」という名をもらった。いまは水《すい》簾洞《れんどう》に戻っている

玄奘《げんじょう》三蔵《さんぞう》

天竺《てんじく》へ経をもとめて旅をして、釈迦如来《しゃかにょらい》から「栴《せん》檀《だん》功《く》徳仏《どくぶつ》」という名をもらった高僧。いまは長安の都で経を訳している

恵《え》岸《がん》行《ぎょう》者《じゃ》

観音菩薩の弟子。托塔李天王の第二子

高《こう》太《たい》公《こう》

高老荘にある大きな屋敷の主人

翠《すい》蘭《らん》

高太公の第三女。猪八戒の妻

多《た》聞《もん》天《てん》王《のう》

（別名、托塔李《たくとうり》天王）

四天王のひとり。北天門をまもっている

広《こう》目《もく》天《てん》王《のう》

四天王のひとり。西天門をまもっている

観《かん》音《のん》菩《ぼ》薩《さつ》

第一譚《たん》　黒眼白竜《こくがんはくりゅう》

序《じょ》　10
それがどうしました？　そのことと、かえるや鳥と、どういうかかわりがあるのです？

一　辯機《べんき》　26
天竺《てんじく》にくらべれば近いし、あなたのいらっしゃるその場所から、わたしが立っている所までにくらべれば、遠いということです。

二　再会《さいかい》　37
けれども、お師匠様《ししょうさま》さえその気なら、わたしは、天竺《てんじく》だろうが、どこだろうが、いつでもおともいたします。

三　相談事《そうだんごと》　47
じつは、このごろ、奇妙《きみょう》な夢《ゆめ》を見るのです。

四　西天門《せいてんもん》　57
だが、どうでもよくないのは、わたしがそのようなことをするかもしれないと疑《うたが》ったおまえの心根だ。おまえ、わたしをそのような者だと思っていたのか！

五　悟空《ごくう》の考え、悟浄《ごじょう》の思い　66
そうだ。六耳獼猴《ろくじびこう》だ。あれはおれの分身のようなものだから、本物のおれと同じくらい強い。だから、いくら戦っても、らちがあかなかった。もし、おまえのにせ者がそういうやつだったら、どうする？

六　にせ広目天王《こうもくてんのう》　77
曹堅《そうけん》よ、ここがどこだかわかるか？

七　魂迷銀丹《こんめいぎんたん》　89
それは、広目天王様《こうもくてんのうさま》のお姿《すがた》はどれも、竜《りゅう》を手づかみにされ、なかなか見ばえがよいと思ったからです。

八　名　99
もしかすると、竜《りゅう》という字を入れて、あのネズミの名まえをつけたのは広目天王《こうもくてんのう》だな。

第二譚《たん》

消えた翠蘭《すいらん》

第一譚《たん》

黒《こく》眼《がん》白《はく》竜《りゅう》

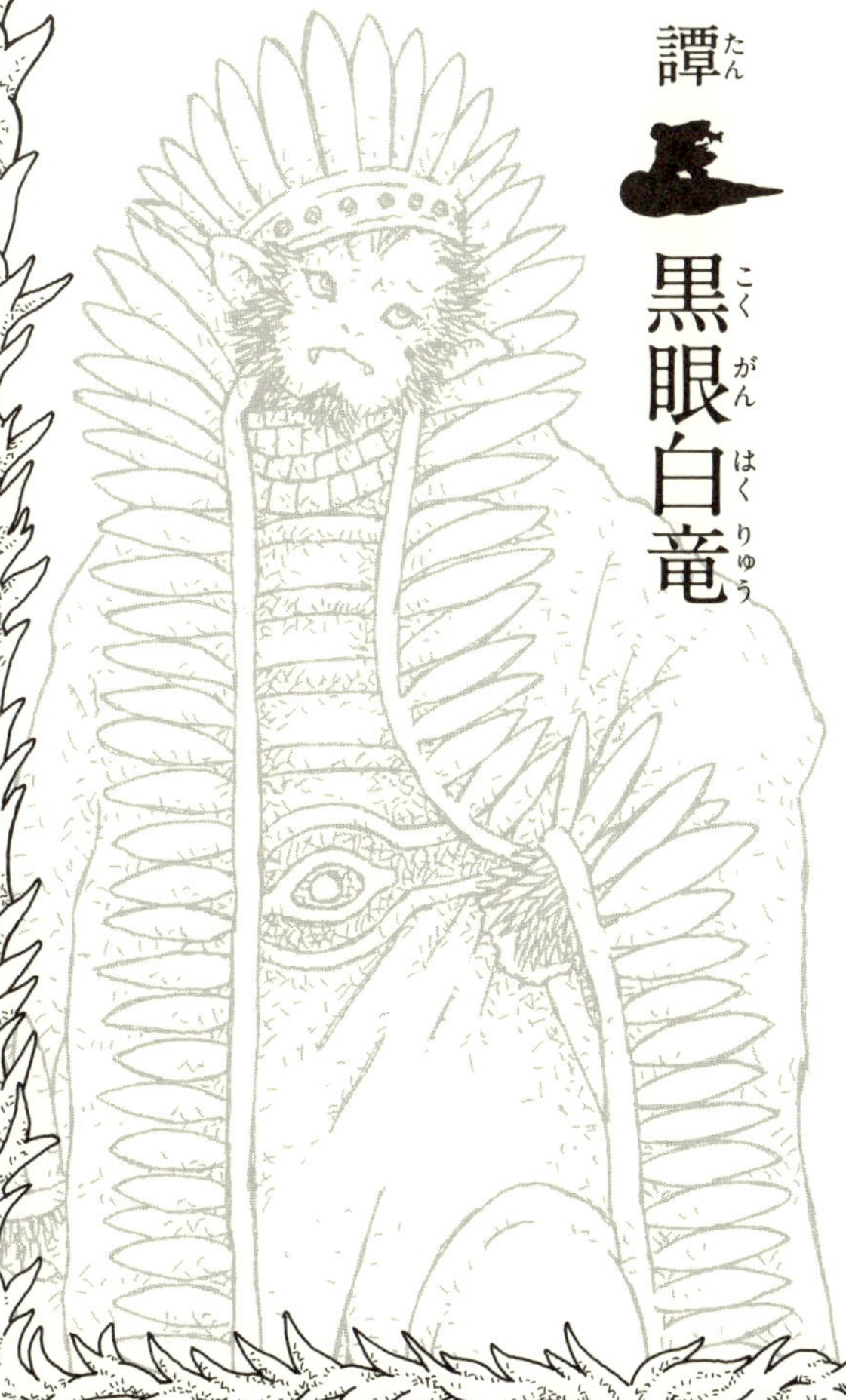

序《じょ》

それがどうしました？　そのことと、かえるや鳥と、
どういうかかわりがあるのです？

耳をすますと、滝《たき》の音が聞こえる。

花果山《かかざん》の水簾洞《すいれんどう》の玉座《ぎょくざ》の一段下《いちだんした》、左右にわかれ、四つのいすがならんでいる。そこには、四長老《ちょうろう》の流元帥《りゅうげんすい》、馬元帥《ばげんすい》、崩将軍《ほうしょうぐん》、芭将軍《はしょうぐん》が大まじめな顔で、かしこまっている。

玉座《ぎょくざ》の背《せ》もたれによりかかり、両手を頭のうしろでくみ、天井《てんじょう》を見あげる。

「あーあ……。」

おもわずため息がもれる。

すると、流元帥《りゅうげんすい》が立ちあがり、玉座《ぎょくざ》の前にすすみでてくる。そして、深々とおじぎをしてから、いった。

「いかがされましたか、大聖様《たいせいさま》。」

「いかがされましたかって、されることもすることも、何もない。こう毎日何もないんじゃ、たいくつでしょうがない。」

と答えると、今度は馬元帥《ばげんすい》が立ちあがり、流元帥《りゅうげんすい》のとなりにきて、やはり深々とおじぎをしてから、いった。

「それでは、お気ばらしに、東海竜王様《とうかいりゅうおうさま》のところにおいでになってはいかがでしょう。」

「そうだな……。」

といって、芭将軍《はしょうぐん》に命じる。

「それじゃあ、歩雲履《ほうんり》と虎《とら》の毛皮の腰《こし》まき、それから、お師匠様《ししょうさま》にもらった衣《ころも》を持ってこい。」

すぐに芭将軍《はしょうぐん》が立ちあがり、自分で奥《おく》にいって、いわれたものをはこんできた。

いかにも王らしいきらびやかな衣装《いしょう》を脱《ぬ》ぎすて、芭将軍《はしょうぐん》が持ってきたものを身につける。

「うん。これでよし。こっちのほうが動きやすい。」

とうなずいて、トントンと石の段《だん》をおりる。外にむかって歩いていくと、列になって左右にならぶ家来たちが、次々に頭をさげる。

水簾洞《すいれんどう》を出ると、橋がある。その橋のたもとで、閉水《へいすい》の術《じゅつ》の印《いん》をむすび、水に跳《と》びこんだ。

ザブン……。

閉水《へいすい》の術《じゅつ》を使えば、水の中でも息ができるし、自由に動きまわれる。

しばらく水中をいくと、東海竜王敖広《とうかいりゅうおうごうこう》の竜宮《りゅうぐう》の門が見える。

カニやらエビやらの番兵がいるが、門のまえで、

「まて！」

などと、止められることはない。

門をくぐり、どかどかと広間に入っていく。

広間の奥《おく》に竜王《りゅうおう》の玉座《ぎょくざ》が見えるが、そこに東海竜王《とうかいりゅうおう》はいない。

どこにいったのだとまわりを見まわすと、奥《おく》から東海竜王敖広《とうかいりゅうおうごうこう》が出てきた。そして、にこにこしながら、

「これは闘戦勝仏様《とうせんしょうぶつさま》。ただいますぐに、お茶のしたくをさせます。」

といって、自分のうしろから出てきた魚のような顔の女官《にょかん》に命じた。

「早くしたくをいたせ！」

それから、

「まあ、こちらへどうぞ。」

といって、玉座《ぎょくざ》近くのいすをすすめ、小机《こづくえ》をはさんだむかい側のいすにすわった。

すすめられた席に腰《こし》をおろすと、さっきの魚顔《さかながお》の女官《にょかん》がやってきて、茶托《ちゃたく》にのった茶碗《ちゃわん》をふたつ、小机《こづくえ》の上においてから、おおげさにおじぎをして、どこかへいってしまった。

女官《にょかん》がいなくなり、ふたりきりになると、東海竜王《とうかいりゅうおう》はいった。

「そろそろおいでになるころだと思っていましたよ、闘戦勝仏様《とうせんしょうぶつさま》。」

「このあいだもいったが、その闘戦勝仏様《とうせんしょうぶつさま》っていうのは、やめろよ。」

孫悟空《そんごくう》がそういうと、東海竜王《とうかいりゅうおう》は、

「やめろといわれても、せっかく釈迦如来様《しゃかにょらいさま》にいただいたお名まえではありませんか、闘戦勝仏様《とうせんしょうぶつさま》。いや、甥《おい》の玉竜《ぎょくりゅう》も、おかげさまで八部天竜《はちぶてんりゅう》ということになって、一族のほまれというやつですよ。」

といって、うれしそうに笑《わら》った。

「おまえの一族が玉竜《ぎょくりゅう》のことをほまれに思うのは勝手だが、べつにおれは闘戦勝仏《とうせんしょうぶつ》なんていう名がほまれだとも、かっこうがいいとも思わない。」

悟空《ごくう》にそういわれ、竜特有《りゅうとくゆう》の横にのびた長い髭《ひげ》を手でさわりながら、

「ううむ……。」

と低くうなってから、いった。

「では、大聖様《たいせいさま》とお呼《よ》びしましょう。」

「うむ。そうしてくれ。」

とうなずいてから、茶碗《ちゃわん》を手にとり、悟空《ごくう》は茶をひと口飲んだ。それからその茶碗《ちゃわん》を小机《こづくえ》の上にもどすと、右のこめかみのあたりを手でさすりながら、いった。

「ところで、何か、おもしろいことはないのか。」

「べつに、大聖様《たいせいさま》がおもしろがるようなことはありませんが……。」

と答えてから、東海竜王《とうかいりゅうおう》は、何かを思い出したように、いった。

「あ、そうそう。このあいだ、大聖様《たいせいさま》がおいでになったとき、たまたま、弟の南海竜《なんかいりゅう》王敖欽《おうごうきん》がここにきていたのをおぼえてらっしゃいますか。」

悟空《ごくう》はうなずいた。

「ああ、おぼえている。」

ずっと昔、それこそ天竺《てんじく》への旅よりもっと昔、悟空《ごくう》は南海竜王敖欽《なんかいりゅうおうごうきん》から、鳳凰《ほうおう》の羽のついた紫金《しこん》の冠《かんむり》をもらった……というより、おどしとったことがある。このあいだここにきたとき、たしかにその南海竜王敖欽《なんかいりゅうおうごうきん》がきていた。

東海竜王《とうかいりゅうおう》はいった。

「あれから、しばらくしてまた弟がやってきましてな。『先日拝見《はいけん》したところ、斉天《せいてん》大聖《たいせい》がおかざりをなくされたようでしたので、見た目には同じものを竜宮金《りゅうぐうきん》でお作りいたしましたので、次にいらしたときに、さしあげてください。』というのです。それで、持ってきたものを見て、わたしは驚《おどろ》き、弟に、『こんなものは早くすてるか、さっさと持ってかえれ！　さしあげるなど、とんでもない。お見せしただけで、ここもおまえの竜宮《りゅうぐう》も、あっというまにたたきこわされるぞ。』と、そういってやりました。」

「なんだ、その、おれがなくしたかざりっていうのは。おれは何もなくしちゃいないぞ。」

いぶかしく思った悟空《ごくう》がそういうと、東海竜王《とうかいりゅうおう》が、

「まあ、弟はくわしい事情《じじょう》を知りませんから、かざりと思ったのでしょう。わたしにおどされ、弟はそれをおいて、さっさと帰っていきましたが、もし、お怒《いか》りにならないとお約束くださるなら、お見せしてもよいです。いや、弟のところの職人《しょくにん》は腕《うで》がよくて、たしかに見た目には、本物と区別がつかないほどよくできていますよ。」

というので、悟空《ごくう》はいったいなんだろうと思い、

「怒《おこ》らないから、見せてみろ。」

といった。

「ほんとうに、お怒《いか》りになりませんね。」

「ああ、怒《おこ》らない。」

「絶対《ぜったい》ですか？」

「絶対《ぜったい》だいじょうぶ。」

悟空《ごくう》が断言《だんげん》すると、東海竜王《とうかいりゅうおう》は奥《おく》にむかって、声をあげた。

「このあいだ敖欽《ごうきん》が持ってきたものを、だれか、ここに持ってくるのじゃ。」

すると、さっきのとは別のタコのような顔の女官《にょかん》が、うるしぬりの小箱をかかげて

きて、小机《こづくえ》の上においた。

箱には金色のひもがかかっている。

東海竜王《とうかいりゅうおう》はそのひもをほどくと、小箱のふたをとった。そして、紫色《むらさきいろ》の布《ぬの》につつまれたなんだかまるいものを小箱からだして、小机《こづくえ》の上におき、布《ぬの》を開いた。

見れば、金色にかがやく輪だ。それは緊箍《きんこ》ではないか！

緊箍呪《きんこじゅ》をとなえると、頭をぐいぐいしめつけるあの緊箍《きんこ》だ。

「なんだ、これは緊箍《きんこ》ではないか！」

驚《おどろ》いた悟空《ごくう》がつい大声を出すと、東海竜王《とうかいりゅうおう》は、

「怒《おこ》らないという約束ですよ。」

といって、その金色の輪を自分の頭にのせた。

まるであつらえたかのように、輪は東海竜王《とうかいりゅうおう》の頭にはまった。

東海竜王《とうかいりゅうおう》は頭を左右にふったが、輪がはずれることはない。

「竜宮金《りゅうぐうきん》でできていますから、だれの頭にもぴったりです。本物そっくりですが、これはにせ物です。ほら、その証拠《しょうこ》に……。」

といって、東海竜王《とうかいりゅうおう》が輪の内側《うちがわ》に指をさしこむと、輪はするっとはずれた。

「ちょっと、見せてみろ。」

悟空《ごくう》がそういって、手をのばすと、東海竜王《とうかいりゅうおう》は金色の輪をさしだした。

手にとってみると、たしかに見た目には緊箍《きんこ》そのものだ。重さも同じくらいだろう。

さんざん自分を苦しめた緊箍《きんこ》だったが、こうしてながめてみると、なんとなくなつかしい。

じっと見ていると、東海竜王《とうかいりゅうおう》がいった。

「大聖様《たいせいさま》は、ご自分ではお気づきではないかもしれませんが、ときどき、手でこめかみのあたりをさわりますよ。緊箍《きんこ》がはまっていたときは、そんなことはなさらなかったのに。ひょっとして、頭に緊箍《きんこ》がなくて、おさびしいのでは？」

自分がときどきこめかみをさわることについては、悟空《ごくう》自身も気づいていた。自然《しぜん》に手がいってしまうのだ。

「さびしいなんて、そんなことがあるものかよ。だが、これ、せっかくおまえの弟が作ってくれたのなら、もらっていこうか……。」

悟空《ごくう》の言葉がよほど意外だったらしく、東海竜王《とうかいりゅうおう》は、

「えっ？」

と声をもらしたが、すぐに、

「大聖様《たいせいさま》さえよろしければ、ぜひどうぞ。弟もよろこぶでしょう。」

といってから、つぶやいた。

「のどもとすぎれば、熱《あつ》さを忘《わす》れるっていうのはほんとだな……。」

「なんかいったか？」

悟空《ごくう》が東海竜王《とうかいりゅうおう》の顔を見ると、東海竜王《とうかいりゅうおう》は、

「いえ、なにも……。」

といって、話をかえた。

「ところで、三蔵《さんぞう》、いや、栴檀功徳仏様《せんだんくどくぶつさま》のところには、天竺《てんじく》からお帰りになったあと、いかれてないのですか。」

栴檀功徳仏《せんだんくどくぶつ》とは、玄奘三蔵《げんじょうさんぞう》が釈迦如来《しゃかにょらい》からもらった名だ。

金の輪に視線《しせん》をもどし、それを両手でいじりながら、悟空《ごくう》は答えた。

「ああ。天竺《てんじく》から長安《ちょうあん》にお師匠様《ししょうさま》をお送りしてから、一度も会ってない。お師匠様《ししょうさま》だって、いろいろいそがしいだろうしな。」

「さようでございますか。では、浄壇使者様《じょうだんししゃ》と金身羅漢様《こんしんらかん》とは？」

浄壇使者《じょうだんししゃ》とは猪八戒《ちょはっかい》が釈迦如来《しゃかにょらい》からもらった名で、金身羅漢《こんしんらかん》はやはり釈迦如来《しゃかにょらい》が娑《さ》悟浄《ごじょう》につけた名だ。

「ふたりにも、長安《ちょうあん》でわかれたきりだ。八戒《はっかい》は人間の女房《にょうぼう》が待っている烏斯蔵国《うしぞうこく》の村、高老荘《こうろうそう》に帰るといっていた。悟浄《ごじょう》は、先のことは考えておらず、しばらくは長安《ちょうあん》にいるっていってたな。今ごろは、天界にもどってるんじゃないか。」

悟空《ごくう》はそう答えてから、不服そうな顔で東海竜王《とうかいりゅうおう》の顔に目をやり、言葉をつづけた。

「東海竜王《とうかいりゅうおう》。さっきからおまえ、お師匠様《ししょうさま》や八戒《はっかい》や悟浄《ごじょう》を、あの天竺《てんじく》のおやじからもらった位の名で呼《よ》んでるが、おれの闘戦勝仏《とうせんしょうぶつ》にしたって、お師匠様《ししょうさま》の栴檀功徳仏《せんだんくどくぶつ》にしたって、八戒《はっかい》の浄壇使者《じょうだんししゃ》も悟浄《ごじょう》の金身羅漢《こんしんらかん》も、みんな、来世《らいせ》でそうなるっていうことで、現世《げんせ》、つまりこの世では、お師匠様《ししょうさま》はあいかわらず玄奘三蔵《げんじょうさんぞう》で、八戒《はっかい》は八戒《はっかい》、悟《ご》浄《じょう》は悟浄《ごじょう》のままってことになってるんだ。そのてん、おまえの甥《おい》っ子とはわけがちがう。玉竜《ぎょくりゅう》のやつは、来世《らいせ》なんていうんじゃなく、現世《げんせ》のその場で、名まえがかわっただけじゃなく、もとの竜《りゅう》にもどされた。そのあたりのところをいっしょにしてもらっちゃこまるぜ。」

東海竜王《とうかいりゅうおう》は小さくうなずて、いった。

「まあ、そのようなことは、このあいだも大聖様《たいせいさま》からうかがいましたが、来世《らいせ》でそうなるってきまってるなら、今からそう呼《よ》んだって、べつにさしつかえはないでしょうが。」

「そりゃあ、ちがうぜ。じゃあ、きくが、おたまじゃくしはいつかかえるになるからって、まだ手足がないうちから、かえるって呼《よ》ぶか？　鳥の卵《たまご》はどうだ。卵《たまご》が三つならんでいるのをだな、鳥が三羽《わ》ならんでいるって、そういうかよ。」

「そりゃあ、かえるや鳥のことでしょうが。理屈《りくつ》がちがいますよ。」

「ちがわないね。」

といって、悟空《ごくう》は手にしていた金の輪を小机《こづくえ》の箱にもどした。そして、いった。

「それによ。お師匠様《ししょうさま》は人間だ。それから、八戒《はっかい》はもとは天蓬元帥《てんぽうげんすい》で、悟浄《ごじょう》は捲簾大将《けんれんたいしょう》だ。ようするに、ふたりとも天人さ。人間には寿命《じゅみょう》があるし、天人《てんじん》だって、人間よりははるかに長生きだが、いつかは寿命《じゅみょう》が終わる。」

悟空《ごくう》がそこで口をとざすと、東海竜王《とうかいりゅうおう》はいくらか首をかしげていった。

「それがどうしました？　そのことと、かえるや鳥と、どういうかかわりがあるのです？」

悟空《ごくう》はいった。

「わからないか。時間がかかる、かからないはべつにして、お師匠様《ししょうさま》や八戒《はっかい》や悟浄《ごじょう》は、今、おたまじゃくしでも、いつかはかえるになる。だが、おれはどうだ。おれは、このさきずっと、おたまじゃくしのままだ。」

「どうも、おっしゃってることがわかりませんね。」

「わかるだろうが。おれは不老不死《ふろうふし》だから、来世《らいせ》はないんだよ！　だから、おれが闘《とう》戦勝仏《せんしょうぶつ》とかいう仏《ほとけ》になることは未来永劫《みらいえいごう》ないってことだ。」

悟空《ごくう》がきっぱりといいきると、東海竜王《とうかいりゅうおう》は、

「あ、なるほど……。」

と、ようやく納得《なっとく》したようだった。

悟空《ごくう》はいった。

「来世《らいせ》じゃ、現世《げんせ》のことはすっかり忘《わす》れちまう。だから、おれにいわせりゃあ、来世《らいせ》なんて、意味がない。気やすめみたいなもんだ。だって、そうだろうが。来世《らいせ》がいくらあったって、今のことをぜんぶ忘《わす》れちまってるんだったら、現世《げんせ》の自分と来世《らいせ》の自分を同じ自分っていうか。何千年後だか、何万年後だか、何億《おく》年後だか知らないが、

生まれかわって浄壇使者《じょうだんししゃ》とかになっている八戒《はっかい》がどこかでおれと会って、『あ、そこにいるのは兄貴《あにき》じゃねえか。ひさしぶりだなあ。』なんて、そういうと思うか。」

「浄壇使者様《じょうだんししゃさま》は、大聖様《たいせいさま》に気づかれないということですか。」

「そうさ。そこをいくら、天竺《てんじく》のおやじがおれを指さして、『これ、浄壇使者《じょうだんししゃ》。そこにおるのは、前世《ぜんせ》で、なんじの義兄《ぎけい》であった者だ。』なんて、八戒《はっかい》にそういったって、あの野郎《やろう》は、おれと義兄弟《ぎきょうだい》だったことどころか、もとは猪豚《いのぶた》だったってこともすっかり忘《わす》れ、今とはぜんぜんちがう顔で、『おや、さようでございましたか。』なんていうんだ。まあ、八戒《はっかい》の野郎《やろう》がそうなるのはだいぶ先だが、お師匠様《ししょうさま》は人間だからな。どう長生きしたって、あと……。」

と、そこまでいって、悟空《ごくう》ははっとした。

そうだ。お師匠様《ししょうさま》は人間だから、そんなに長生きはしない。来世《らいせ》で会ったって、こっちのことをおぼえてないんじゃ、話にならない。お師匠様《ししょうさま》もいそがしいだろうし、なんていってる場合じゃない。

悟空《ごくう》はいったん箱にもどした金の輪をひったくるように手でつかむと、

「ちょっと用事を思い出したから、きょうはこれで帰る。」

といって、立ちあがった。

「え？　お帰りになるって？　どこにです。花果山《かかざん》ですか。それとも、都の長安《ちょうあん》にですか。」

東海竜王《とうかいりゅうおう》がそういったときにはもう、悟空《ごくう》は広間の外に出ていたのだった。

一

辯機《べんき》

天竺《てんじく》にくらべれば近いし、あなたのいらっしゃるその場所から、
わたしが立っている所までにくらべれば、遠いということです。

長安《ちょうあん》の町は広い。孫悟空《そんごくう》は長安《ちょうあん》の南東のはずれ、芙蓉池《ふよういけ》の岸辺に人のいない場所を見つけ、觔斗雲《きんとうん》からおりたった。

体をひとゆすりして、旅の僧《そう》に化身する。

岸にそって速足《はやあし》で歩いていくと、僧《そう》がひとりさきを歩いていくのが見えた。

悟空《ごくう》は近よって、うしろから声をかけた。

「もうし！」

僧《そう》が立ちどまって、ふりかえる。ずいぶん若《わか》い。まだはたちそこそこだろう。やせていて、顔だちはきれいだ。

悟空《ごくう》はいかにも僧《そう》らしく、まず合掌《がっしょう》してから、その若《わか》い僧《そう》にたずねた。

「このあたりに、弘福寺《こうふくじ》という寺はありませんか。」

寺の場所をたずねただけなのに、若《わか》い僧《そう》はうれしそうな顔で合掌《がっしょう》して答えた。

「弘福寺《こうふくじ》なら、これからわたしもまいりますから、ご案内《あんない》いたしましょう。」

悟空《ごくう》としては、場所を教えてくれるだけでよかった。長安《ちょうあん》の西のほうとか、北のほうとか、それだけいってもらえれば、觔斗雲《きんとうん》で飛《と》んでいき、空から見て、寺をさがせばいいだけだ。案内してもらうとなると、いっしょに歩いていかねばならないし、あれこれきかれるのも、めんどうだ。

悟空《ごくう》はきいてみた。

「弘福寺《こうふくじ》はここから近いのですか？」

若《わか》い僧《そう》は答えた。

「近いといえば近いし、遠いといえば遠いのです。」

そんなことをいわれれば、いつもなら悟空《ごくう》は、あいての胸《むな》ぐらをつかみ、「禅問答《ぜんもんどう》をしてるんじゃねえんだ。ただ近いか遠いかをきいてるだけだ。さっさと答えろ。」

とおどすところだが、あいてはまだおとなになっていないような僧《そう》だし、なんだか笑《え》

顔《がお》もかわいらしいので、

「近いといえば近いし、遠いといえば遠い？　ほう、それはどういう意味です？」

ときいてみた。

「天竺《てんじく》にくらべれば近いし、あなたのいらっしゃるその場所から、わたしが立っている所までにくらべれば、遠いということです。」

なるほど、いわれてみれば、たしかにそうだろう。

悟空《ごくう》はおもしろくなってきて、たずねた。

「天竺《てんじく》にくらべれば近いといっても、あなたは天竺《てんじく》にいったことがあるのですか？」

すると、若《わか》い僧《そう》は首を左右にふって、答えた。

「わたしはいったことはありません。ですが、わが師《し》は天竺《てんじく》にいかれ、一年前にもどってこられたばかりです。」

いくら長安《ちょうあん》が広く、寺が多いとはいっても、そうそう天竺《てんじく》帰りのぼうずがいるわけもない。しかも、一年前に帰ってきたとなると、そのぼうず、いや、その僧《そう》がだれかはきまっている。

「その『わが師《し》』とおっしゃるのは、玄奘三蔵法師様《げんじょうさんぞうほうしさま》のことですか。」

悟空《ごくう》がきいてみると、若《わか》い僧《そう》はますますうれしそうな顔をして、

「そうです。玄奘三蔵様《げんじょうさんぞうさま》です。あなたはわが師《し》、玄奘三蔵法師様《げんじょうさんぞうほうしさま》をごぞんじなのですか？」

「もちろん知ってますとも。」

と、つい答えてしまったものの、悟空《ごくう》は、なんだかやはり、めんどうなことになってきたと思った。

どうして知っているのだとかなんとか、いろいろたずねられたら、やっかいだ。

だが、若《わか》い僧《そう》はそんなことはいわず、

「わたしは辯機《べんき》という名で、弘福寺《こうふくじ》でお師匠様《ししょうさま》の身のまわりのおせわや、お仕事のおてつだいをしております。」

といってから、きいてきた。

「あなた様《さま》のお名まえは？」

今は人間に化身しているし、こんなところで、

「斉天大聖孫悟空《せいてんたいせいそんごくう》だ！」

と名のるのもどんなものかと思い、悟空《ごくう》はとっさに、

「空悟《くうご》という者です。」

と答えた。

すると、辯機《べんき》と名のった若《わか》い僧《そう》は、

「それでは、空悟様《くうごさま》。まいりましょう。」

といって、さきにたって歩きだした。

道すがら、辯機《べんき》は、三蔵《さんぞう》がどれほど立派《りっぱ》な僧《そう》かということを話しつづけた。

そこで、悟空《ごくう》は、

「そんなに立派《りっぱ》なら、さぞかしお弟子《でし》さんはおおぜいいらっしゃるんでしょうね。」

ときいてみた。

すると、辯機《べんき》は答えた。

「もちろん、たくさんおります。順番でいうと、わたしは四番弟子《でし》です。」

なんだ、たくさんいるといっても、こんな子どもみたいなのが四番目じゃ、人数もたかが知れているな、と思い、悟空《ごくう》はきいてみた。

「あなたが四番弟子《でし》ということは、一番弟子《でし》から三番弟子《でし》のみな様《さま》も、あなたと同じように、お若《わか》いかたですか。」

「いえ、そういうことはありません。わたしの兄弟子《あにでし》たちはみな、年はお師匠様《ししょうさま》より上です。」

「なるほど、それで、年上なのに、三蔵様《さんぞうさま》のせわをしたり、仕事のてつだいをしているのですかね。」

「はい。でも、今は長安《ちょうあん》にいらっしゃるのはおひとりだけです。」

「あとのふたりは？」

「はい。おひとりは花果山《かかざん》という山におられ、もうひとかたは烏斯蔵国《うしぞうこく》の高老荘《こうろうそう》という村にいらっしゃるそうです。」

一番弟子《でし》から三番弟子《でし》というは、長安《ちょうあん》でできた人間の弟子《でし》かと思ったら、自分と八《はっ》戒《かい》と悟浄《ごじょう》のことらしい。

そう気づいた悟空《ごくう》はためしにきいてみた。

「それで、その一番弟子《でし》というおかたですが、どんなおかたなのでしょう？」

「孫悟空《そんごくう》というお名まえで、とんでもない乱暴者《らんぼうもの》だそうです。」

辯機《べんき》の答に、悟空《ごくう》は少しむっとした。

「とんでもない乱暴者《らんぼうもの》って……。」

悟空《ごくう》がおもわずそういうと、辯機《べんき》はいった。

「でも、その乱暴者《らんぼうもの》がいなければ、自分は天竺《てんじく》にたどりつけなかっただろう、とお師匠様《ししょうさま》はいつもおっしゃっています。」

たちまち悟空《ごくう》の機嫌《きげん》がなおる。

「ほう？　そんなことを？　それから、ほかにはどんなことをおっしゃってるのですかね。」

「はい。二番弟子《でし》の……。」

と辯機《べんき》が答えかけたところを悟空《ごくう》はさえぎった。

「そんな猪豚《いのぶた》、いや、そのかたのことではなく、一番弟子《でし》のことですよ。三蔵様《さんぞうさま》はなんとおっしゃってるんです？」

「ほかのお弟子《でし》たちには、あまりお話しになりませんが、なにしろわたしは四番弟子《でし》ですから、あれこれお話しされます。桃《もも》が好きだとか……。」

「桃《もも》？　桃《もも》の話などではなく、もっとほかのことはおっしゃらないのですか。」

「だから、いろいろおっしゃいますよ。楽しそうにお話しなさいますが……。」

といって、辯機《べんき》が言葉をとぎらせたので、悟空《ごくう》はさきをうながした。

「楽しそうにお話しして、それで？」

「はい。それで、どんなに楽しそうにお話しになられても、最後にはおさびしそうなお顔をなされ、『いったい悟空《ごくう》は今ごろ、何をしているのだろう。』とおっしゃるのです。」

「何？　さびしそうな顔で、そんなことを！」

と、歩きながらつい声が大きくなった悟空《ごくう》の横顔をのぞくようにして、辯機《べんき》がいった。

「空悟様《くうごさま》とおっしゃいましたよね。空悟様《くうごさま》はどうしてそんなにうれしそうなのですか。」

悟空《ごくう》は、

「いや、それは、その、つまり、わたしは遠くから玄奘三蔵様《げんじょうさんぞうさま》にお目にかかりにきたものですので、もうまもなくお顔を拝見《はいけん》できると思うと、ついうれしくなって……。」

といったが、それも半分はあたっている。

「ですが、お師匠様《ししょうさま》のところには、毎日、おおぜいのお客様《きゃくさま》がこられ、でも、お師匠《ししょう》様《さま》はおいそがしいので、まずは三番弟子《でし》の沙悟浄様《さごじょうさま》がお師匠様《ししょうさま》のかわりにお会いして、ご用をうかがうことになっております。」

といって、辯機《べんき》は澄《す》んだ青空を見あげた。

日は中天《ちゅうてん》にかかっている。

辯機《べんき》は悟空《ごくう》にいった。

「もうおひるです。今からですと、お師匠様《ししょうさま》に会えても、夕刻《ゆうこく》になってしまいますよ。」

「そうですか。ところで、弘福寺《こうふくじ》はまださきですか。」

悟空《ごくう》がたずねると、辯機《べんき》は立ちどまり、広い通りのさきのほうを指さした。

「ほら、あそこに塔《とう》が見えますでしょ。あそこが弘福寺《こうふくじ》です。あの塔《とう》で、お師匠様《ししょうさま》はお仕事をなさっているのです。」

「そういうことなら、あしたの朝、いちばんでうかがうことにします。ひるすぎにおたずねするのは失礼ですから。辯機《べんき》さん、どうもありがとうございました。」

悟空《ごくう》は礼をいって、そこで辯機《べんき》とわかれた。

「いえ、とんでもない。」

といって、辯機《べんき》は歩いていった。

悟空《ごくう》は辯機《べんき》を見送り、人ごみの中に見えなくなってから、路地に入った。そして、体をひとゆすりして、スズメに化身すると、弘福寺《こうふくじ》の塔《とう》をめざして、空にまいあがったのだった。

二　再会《さいかい》

けれども、お師匠様《ししょうさま》さえその気なら、わたしは、天竺《てんじく》だろうが、どこだろうが、いつでもおともいたします。

孫悟空《そんごくう》はスズメの姿《すがた》のまま、ひとまず五層《そう》の塔《とう》のいちばん上の層《そう》の窓《まど》に飛《と》んでいった。

窓辺《まどべ》にとまって、中をのぞくと、まん中に仏像《ぶつぞう》が一体おかれている。蓮《はす》の台座《だいざ》の上にすわっているところを見ると、如来像《にょらいぞう》だろう。

まるで似《に》ていないが、釈迦如来《しゃかにょらい》のつもりだろうな……。

悟空《ごくう》はそんなことを思いながら、五層《そう》の窓《まど》から、四層《そう》の窓辺《まどべ》に飛《と》びうつる。

今度もまた、まん中に仏像《ぶつぞう》がある。

ははん、こりゃあ、観音《かんのん》の野郎《やろう》にちがいない。とりすまして、つっ立っているところなんか、あいつにそっくりだ……、と思っていると、下のほうから声が聞こえてきた。

「悟浄《ごじょう》。すまないが、辯機《べんき》にいって、お茶を持ってこさせてくれませんか。」

それはまぎれもなく、玄奘三蔵《げんじょうさんぞう》の声だった。

「かしこまりました、お師匠様《ししょうさま》。ただいま、辯機《べんき》は留守《るす》でございますので、わたしがお茶をとりにいってまいります。しばらく、お待ちください。」

あれは沙悟浄《さごじょう》の声だ。

つづいて階段《かいだん》をおりていく足音がして、そのあと静かになった。

悟空《ごくう》は四層《そう》から三層《そう》へのおり口から下をのぞいた。

三層《そう》のまん中で、こちらに背《せ》をむけ、経机《きょうづくえ》をまえにして、三蔵《さんぞう》がすわっている。経《きょう》机《づくえ》の横には、見おぼえのある経典《きょうてん》の巻《ま》きものが何巻《かん》かおかれている。そのうちのひとつは紐《ひも》がとかれ、三蔵《さんぞう》がそれをのぞきこんでいる。

悟空《ごくう》はいったん窓《まど》から飛《と》びだすと、三蔵《さんぞう》がまえから見える窓辺《まどべ》に、バタバタとわざと羽音をたてて、おりたった。

経典《きょうてん》から顔をあげ、三蔵《さんぞう》がこちらを見た。

「おや、スズメ……。」

とつぶやいてから、三蔵《さんぞう》がいった。

「あいにく、ここには、おまえに食べさせてやれるようなものはありません。今、弟子《でし》が茶をとりにいきました。もし、のどがかわいているなら、それをわけてあげましょう。」

悟空《ごくう》はスズメの姿《すがた》のままでいった。

「いやあ、お師匠様《ししょうさま》。お茶なら、今、東海竜王《とうかいりゅうおう》のところで飲んできたばかりです。」

「えっ……？」

と小さな声をあげ、三蔵《さんぞう》がスズメになっている悟空《ごくう》を見つめた。

それから三蔵《さんぞう》は左右を見わたした。それで、まわりにだれもいないことをたしかめると、もう一度、悟空《ごくう》に視線《しせん》をむけた。そして、そのまましばらくじっと見つめていたが、やがて、ささやくような声でいった。

「悟空《ごくう》ですか……。」

悟空《ごくう》は体をひとゆすりした。

今スズメがいた窓辺《まどべ》に、悟空《ごくう》がすわっているのを見て、三蔵《さんぞう》が立ちあがった。

「悟空《ごくう》！　おまえ、今まで何をしていたのです。一年前、わかれるときに、『今度また遊びにきますよ。』といったではないですか。」

悟空《ごくう》は窓辺《まどべ》からすとんと床《ゆか》におりると、

「その今度っていうのがきょうのことなんです。」

といった。

すると、三蔵《さんぞう》は悟空《ごくう》の頭に目をやり、つぶやいた。

「おや、それは緊箍《きんこ》ではないですか……。」

悟空《ごくう》はにせの緊箍《きんこ》を頭に、はめてきたのだ。

「あ、お気づきになりました。そうなんですよ。このあいだ、花果山《かかざん》に観音《かんのん》の野《や》……じゃなかった、観音菩薩様《かんのんぼさつさま》がいらして、わたしの頭に、はめたんですよ。それで、『悟空《ごくう》。長安《ちょうあん》ではまだ経《きょう》がたりぬ。おまえはもう一度、三蔵《さんぞう》とともに天竺《てんじく》におもむき、もっと多くの経《きょう》を持ちかえらねばならぬ。これよりすぐ三蔵《さんぞう》のもとにおもむき、天竺《てんじく》に旅立て。』って、そんな無茶をいうんです。ですが、緊箍呪《きんこじゅ》をとなえられちゃあ、さからうこともできません。それで、お師匠様《ししょうさま》をおむかえにあがったというわけです。」

悟空《ごくう》がそういうと、三蔵《さんぞう》は、

「そうですか、それなら、すぐに旅のしたくをいたしますから、待っていてください。」

といって、階段《かいだん》の近くにいき、下にむかって声をあげた。

「だれかおらぬか。これより旅に……。」

と、そこまでいったとき、悟空《ごくう》がそれをとめた。

「うそですよ、お師匠様《ししょうさま》。これは東海竜王《とうかいりゅうおう》にもらったにせの緊箍《きんこ》なんです。それから、観音《かんのん》の野《や》……、じゃなかった、観音菩薩様《かんのんぼさつさま》がきて、天竺《てんじく》にいけといったのもうそです。きょうきたのは、ちょっとお師匠様《ししょうさま》の顔を見にきただけです。」

すると、三蔵《さんぞう》は、いかにもがっかりしたように肩《かた》を落とし、

「そうですか……。」

と小さな声でいい、窓《まど》から外を見た。

悟空《ごくう》は、三蔵《さんぞう》が気落ちしたようなので、なんだかうれしいような、悪いことをしてしまったような気持ちになり、

「けれども、お師匠様《ししょうさま》さえその気なら、わたしは、天竺《てんじく》だろうが、どこだろうが、いつでもおともいたします。」

といった。

すると、三蔵《さんぞう》は、

「悟空《ごくう》、冗談《じょうだん》もときと場合によりけりですよ。それに、さきほど、おまえ、二度も観《かん》音菩薩様《のんぼさつさま》のことを観音《かんのん》のなんとやらと、言いまちがえそうになりましたが、あれは、わざとではありませんか。」

といってから、ため息をつき、もう一度窓《まど》に目をやった。

ひるをすぎて、その窓《まど》から日が入ってきているということは、それは天竺《てんじく》の方角、西の窓《まど》だ。

なんだか気まずくなったところで、だれかが階段《かいだん》をあがってくる音がした。

三層《そう》にあがってきたのは、盆《ぼん》に茶碗《ちゃわん》をのせて持ってきた悟浄《ごじょう》だった。

悟浄《ごじょう》は悟空《ごくう》の顔を見るなり、

「あっ、兄者ではないか。どうしてここにいるのだ。」

といって、目をまるく見ひらいた。

悟空《ごくう》は悟浄《ごじょう》にいった。

「おまえ、そんなふうに、妖怪《ようかい》でも出たような顔をするなよ。ちょっと、遊びにきただけだ。」

「そうか。だが、兄者、花果山《かかざん》のほうはほうっておいていいのか。」

「花果山《かかざん》なら、長老《ちょうろう》たちがいれば、なんとかなるし、おれがいなくたって、どうってことないさ。それより、悟浄《ごじょう》。おまえ、ずっとここにいるのか。」

「そうだ。兄者は花果山《かかざん》に帰ってしまったし、八戒《はっかい》兄者は高老荘《こうろうそう》にいってしまったからな。もし、ここで何かあったら、だれがお師匠様《ししょうさま》をお守りするのだ。いくら、お弟子《でし》が三百人いるからといって、みな人間だ。いざというとき、たよりにならぬではないか。」

と、そこまでいって、悟浄《ごじょう》は三蔵《さんぞう》に目をやり、いった。

「お師匠様《ししょうさま》。下に曹様《そうさま》がおいでになっております。なんでも、お師匠様《ししょうさま》にご相談《そうだん》があるとかで……。」

「わかりました。」

とうなずいてから、三蔵《さんぞう》は悟空《ごくう》に、

「おまえ、すぐに花果山《かかざん》にもどらなくてもいいなら、今夜はここに泊《と》まっていきなさい。」

といいのこし、階段《かいだん》をおりていった。

あとに残った悟浄《ごじょう》の手の盆《ぼん》から、悟空《ごくう》が茶碗《ちゃわん》を取り、ふたをあけて、中の茶をいっきに飲みほすと、

「それはお師匠様《ししょうさま》の……。」

といった。悟浄《ごじょう》は、

「いいんだ。さっき、のどがかわいているなら、おれにくれるって、そういったんだ。」

といって、茶碗《ちゃわん》を盆《ぼん》にかえした。そして、悟浄《ごじょう》にたずねた。

「だれだ、その曹《そう》っていうのは？」

悟浄《ごじょう》は答えた。

「曹堅《そうけん》といって、長安《ちょうあん》の金持ちの商人だ。よく寺に寄進《きしん》をしてくれる男だ。そういう者たちがおおぜいいて、こぞって寄進《きしん》してくるから、この寺は金にはこまらない。」

「ここは弘福寺《こうふくじ》っていうらしいが、お師匠様《ししょうさま》がこの寺の住職《じゅうしょく》なのか？」

「いや、住職《じゅうしょく》はべつにいる。だが、お師匠様《ししょうさま》にくらべれば、ずっと格下《かくした》だから、まあ、お師匠様《ししょうさま》の弟子《でし》みたいなものだ。」

「弟子《でし》が三百もいるそうだが、みな、この寺に住んでいるのか？」

「住んでいる者もいれば、よその寺の者もいる。」

「ここにくるとき、辯機《べんき》という若《わか》い僧《そう》に道をきいたんだが、そいつがいうには、四番弟子《でし》だそうだ。ほんとうか？」

「ああ、ほんとうだ。辯機《べんき》は人間としてはかなりかしこいほうだ。何をやらせても、そつがないから、お師匠様《ししょうさま》は重宝《ちょうほう》がられて、かわいがっておいでだ。」

とそういってから、悟浄《ごじょう》は階段《かいだん》のほうをちらりと見た。そして、

「兄者、すまぬ。おれはお師匠様《ししょうさま》といっしょに、曹堅《そうけん》の話を聞いてやらねばならぬ。兄者はここで、休んでいてくれ。」

というなり、三蔵《さんぞう》のあとを追って、階段《かいだん》をおりていってしまった。

ここでひとりで経典《きょうてん》を見ていても、おもしろくない。

悟空《ごくう》は体をひとゆすりすると、スズメに化身し、つばさをはばたかせ、窓《まど》から飛《と》びたった。

もちろん、帰るつもりはない。金持ちの商人が三蔵《さんぞう》にどんな相談《そうだん》があるのか、それを聞いてみようと思ったのだ。

三

相談事《そうだんごと》

じつは、このごろ、奇妙《きみょう》な夢《ゆめ》を見るのです。

塔《とう》の一層《いっそう》、つまり一番下の階の東西南北には、それぞれ、持国天王《じこくてんのう》、広目天王《こうもくてんのう》、増長天王《ぞうじょうてんのう》、多聞天王《たもんてんのう》の像《ぞう》がおかれている。どれも、いすのような台にすわった姿《すがた》で、もし立てば人の背丈《せたけ》の二倍ほどになるだろう。

顔は本物の四天王《してんのう》とはまるで似《に》ておらず、おまけに白い顔の持国天王《じこくてんのう》以外は、顔が赤や青や緑にぬられている。どうしてそれが四天王《してんのう》だとわかったかといえば、その中のひとり、北におかれた像《ぞう》の右手に小さな塔《とう》がのっていたからだ。多聞天王《たもんてんのう》は別名、托塔李天王《たくとうりてんのう》ともいわれ、手に塔《とう》をのせているところを孫悟空《そんごくう》も見たことがある。その多聞天王《たもんてんのう》が北においてあるとすれば、あとの三体は東が持国天王《じこくてんのう》、西が広目天王《こうもくてんのう》、南が増長天王《ぞうじょうてんのう》だということはすぐに見当がつく。なぜなら、天界では、それぞれがそれぞれの方角を守っているからだ。

増長天王《ぞうじょうてんのう》が剣《けん》を手にしているのはよくわかる。それから、持国天王《じこくてんのう》は琵琶《びわ》をかかえている。悟空《ごくう》は持国天王《じこくてんのう》が琵琶《びわ》をひいているところは見たことがないが、天界の連中は武芸《ぶげい》のほか、いろいろなかくし芸を持っているから、持国天王《じこくてんのう》も琵琶《びわ》くらいひくかもしれない。だが、わからないのはもうひとり、四人の中では、悟空《ごくう》が一番話がわかると思っている広目天王《こうもくてんのう》だ。

広目天王《こうもくてんのう》の像《ぞう》は、左手の指で金色の玉をつまみ、そして、右手になんと、ヘビをつかんでいるのだ。悟空《ごくう》は、広目天王《こうもくてんのう》がヘビをにぎっているところは見たことがないし、広目天王《こうもくてんのう》の好物がヘビだともきいたことがない。これは、今度会ったら、たしかめてみなければならない。

四天王《してんのう》に会った人間はまずいないだろうから、四天王《してんのう》がどんな顔をしているか、像《ぞう》を作った者が知らないのは無理もない。だが、悟空《ごくう》は、四天王《してんのう》がえらそうにすわっているところなど、一度も見たことがない。しかし、考えてみれば、いくら四天王《してんのう》だって、すわらないということはないだろう。

悟空《ごくう》は、へえ、こいつらも、すわるのか……、と、つまらないところで感心した。

外への出入り口は、広目天王《こうもくてんのう》と増長天王《ぞうじょうてんのう》のあいだにひとつある。そのほか、四天王《してんのう》のひとりひとりのあいだには窓《まど》がある。そのうちのひとつから、悟空《ごくう》はスズメの姿《すがた》のまま中に入ってきたのだった。

悟空《ごくう》はひとわたりまわりを見わたしてから、床《ゆか》におりた。

広間のような部屋《へや》のまん中に小机《こづくえ》があり、背《せ》のないまるいいすが四つ、その小机《こづくえ》をとりかこんでいる。

そのいすのひとつに、玄奘三蔵《げんじょうさんぞう》が出入り口のほうをむいて腰《こし》かけて、そのうしろに沙悟浄《さごじょう》がひかえている。三蔵《さんぞう》の前にすわっている初老《しょろう》の太った男が、たぶん、曹堅《そうけん》という商人だろう。

いつ帰ってきたのか、辯機《べんき》が三蔵《さんぞう》と商人の前に茶をならべている。

悟空《ごくう》は、もちろんスズメの姿《すがた》で、悟浄《ごじょう》の右肩《みぎかた》にとまった。

悟浄《ごじょう》はちらりと自分の右肩《みぎかた》を見たが、さすがに長いつきあいだけあり、すぐにそれが悟空《ごくう》だとわかったようで、手でおいはらおうとはしなかった。

「ご相談《そうだん》とはなんでしょう、曹《そう》さん。」

三蔵《さんぞう》がたずねると、曹堅《そうけん》はいった。

「じつは、このごろ、奇妙《きみょう》な夢《ゆめ》を見るのです。」

「ほう、奇妙《きみょう》な夢《ゆめ》とは？」

三蔵《さんぞう》がさらにたずねると、曹堅《そうけん》は答えた。

「まず、はじめは、十日ほど前だったでしょうか。夢《ゆめ》の中に広目天王様《こうもくてんのうさま》があらわれ、屋敷《やしき》の西に自分の祠《ほこら》を作れとおっしゃったのです。」

広目天王《こうもくてんのう》の名が出てくるとは、これはなかなかおもしろくなってきそうだ。

悟空《ごくう》がそう思っていると、曹堅《そうけん》はつづけていった。

「それで、わたしはすぐに、このお寺にある広目天王様《こうもくてんのうさま》の像《ぞう》よりはいくらか小さいですが、仏師《ぶっし》に広目天王様《こうもくてんのうさま》の像《ぞう》をつくらせ、大工を呼《よ》び、庭の西に祠《ほこら》を建《た》てさせて、そこに安置《あんち》いたしました。それから何日かして、夢《ゆめ》の中にまた、広目天王様《こうもくてんのうさま》がおでましになり、像《ぞう》と祠《ほこら》のことをほめてくださったのですが、供《そな》え物《もの》がないのはよくないとおっしゃったのです。そこでわたしは、どのような供《そな》え物《もの》がよろしいでしょうかとおたずねしたところ、米と干魚《ほしざかな》がよいとのおおせでした。もちろん、その夜、米をひと枡《ます》、干魚《ほしざかな》を五匹《ひき》ほど、祠《ほこら》の広目天王様《こうもくてんのうさま》の像《ぞう》のまえにお供《そな》えいたしました。」

曹堅《そうけん》がそこまでいったとき、三蔵《さんぞう》はいぶかしそうに眉《まゆ》をよせて、曹堅《そうけん》にたずねた。

「お待ちください。どうして、夜にお供《そな》え物《もの》をなさったのです。お供《そな》えはやはり早朝がよいのでは？」

「はい。わたしもそう思うのですが、夢《ゆめ》にあらわれた広目天王様《こうもくてんのうさま》は、夜にお供《そな》えをしろとおっしゃったのです。」

「なるほど……。」

とうなずいたものの、三蔵《さんぞう》は納得《なっとく》したようでもない。

「それで、どうなりました？」

三蔵《さんぞう》にさきをうながされ、曹堅《そうけん》は話した。

「翌朝《よくちょう》、祠《ほこら》にいってみますと、二、三つぶをのこして、米はなくなっていました。それから、干魚《ほしざかな》もなくなっておりましたが、まわりにひれや尾《お》が落ちていて、こうもうすのもなんですが、なんとなく、そこで食いちらかしたあとのようなのです。それから何日かして、また夢《ゆめ》に広目天王様《こうもくてんのうさま》があらわれ、今度は、両手いっぱいにのるほどの銭《ぜに》を布袋《ぬのぶくろ》に入れ、それを祠《ほこら》に供《そな》えろ、と、そうおっしゃったのです。広目天王様《こうもくてんのうさま》のお言葉と思い、わたしはいわれたとおりにしました。それで、しばらくは夢《ゆめ》に広目天王《こうもくてんのう》様《さま》はあらわれなくなりましたが、けさがたの夢《ゆめ》にまたおでましになり、このあいだの銭《ぜに》の倍ほどの銭《ぜに》を供《そな》えろとおっしゃったのです。」

曹堅《そうけん》がそこで口をとじた。三蔵《さんぞう》もだまっている。すると、茶をならべおわって、悟《ご》浄《じょう》の横にひかえていた辯機《べんき》がいった。

「曹様《そうさま》。それで、何かよいことというか、ご利益《りやく》のようなことがありましたか。」

「それが……。」

といってから、いかにもいいにくそうに、曹堅《そうけん》は、

「まるでないのでございますよ、辯機様《べんきさま》。いえ、べつにご利益《りやく》がなくてもいいし、それくらいの銭《ぜに》を供《そな》えても、うちはびくともしませんが、なんともうしましょうか、どうも……。」

といって、だまりこんだ。

「どうも奇妙《きみょう》だというわけですな。」

そういったのは、それまでだまっていた悟浄《ごじょう》だった。

曹堅《そうけん》は大きくうなずいて、いった。

「さようでございます、悟浄様《ごじょうさま》。なんだか、奇妙《きみょう》な気がするのです。紙でつくったお金、つまり紙銭《しせん》を焼くとか、そういうことならわかりますが、銭《ぜに》そのものをお供《そな》えし

て、いったいそれを広目天王様《こうもくてんのうさま》が何にお使いになるのか、それが、どうも腑《ふ》に落ちないし、いえ、ほんとうに広目天王様《こうもくてんのうさま》がお使いになるのでしたら、わたしは屋敷《やしき》を売りはらってでも、ご命令《めいれい》どおり、どんなものでもお供《そな》えいたします。けれども、どうも、こう……。」

曹堅《そうけん》が言葉をにごらせて、うつむいたところで、悟空《ごくう》は体をひとゆすりして、悟浄《ごじょう》の肩《かた》から跳《と》びおりた。

いきなり目の前にあらわれた悟空《ごくう》を見て、曹堅《そうけん》は、

「わっ！」

とさけんで、いすからのけぞり落ちた。

辯機《べんき》は若《わか》くても、さすがに三蔵《さんぞう》の弟子《でし》だけあって、うしろにたおれるようなことはなかったが、それでも、

「あっ！」

と声をあげ、二、三歩あとずさりした。

「悟空《ごくう》。お客様《きゃくさま》をおどろかせてはいけません。」

三蔵《さんぞう》が静かにそういうと、辯機《べんき》がしみじみと悟空《ごくう》を見て、

「ということは、これがあの乱暴《らんぼう》……。」

とつぶやき、口を閉《と》ざした。

悟空《ごくう》はまず辯機《べんき》を見て、

「そうさ。おれがお師匠様《ししょうさま》の一番弟子《でし》、斉天大聖孫悟空《せいてんたいせいそんごくう》だ。さっきは、道を教えてくれて、ありがとうよ。」

と声をかけ、つぎに、まだあおむけにたおれたまま、うしろに両手をついている曹堅《そうけん》にいった。

「おれは、こう見えても、広目天王《こうもくてんのう》とは顔なじみだ。あいつは頭のかたい四天王《してんのう》の中じゃあ、話のわかるほうで、そんなけちな供《そな》え物《もの》なんか、要求するようなやつじゃない。だが、もしもってこともあるから、これからちょっといって、本人にきいてくる。あんたは日ごろ、うちの師匠《ししょう》にいろいろしてくれているそうだから、どっちにしたって、このことはまかせておきな。」

見た目は猿《さる》でも、服も着ているし、人の言葉をしゃべるし、乱暴《らんぼう》をするようでもない。それに、ひょっとすると、悟空《ごくう》のことは三蔵《さんぞう》から話を聞いて、知っていたのかもしれず、あまりに驚《おどろ》いたのは、悟空《ごくう》が猿《さる》だからではなく、突然《とつぜん》あらわれたからだけなのかもしれない。

曹堅《そうけん》は少し安心したのか、辯機《べんき》に助け起こされて、いすにすわりなおすと、悟空《ごくう》を頭のてっぺんからつまさきまで、じろじろとながめてから、三蔵《さんぞう》にいった。

「これが、いや、このおかたが、法師様《ほうしさま》の一番弟子《でし》という、あの斉天大聖孫悟空様《せいてんたいせいそんごくうさま》で……。」

やはり、曹堅《そうけん》は悟空《ごくう》のことを知っていた。

三蔵《さんぞう》はうなずき、

「さようでございます。これがわたくしの一番弟子《でし》、斉天大聖孫悟空《せいてんたいせいそんごくう》でございます。」

といってから、いいきった。

「曹様《そうさま》。あなたの夢《ゆめ》の中にあらわれる四天王《してんのう》のおひとかたが本物にしろ、にせ者にしろ、わたしの一番弟子《でし》にまかせておけば、だいじょうぶです。万事、心配は無用《むよう》でございます！」

それをきいて、曹堅《そうけん》は立ちあがり、

「そういうことなら、大聖様《たいせいさま》。なにとぞよろしくお願いします。」

といって、悟空《ごくう》に深々と頭をさげ、それはそれで悟空《ごくう》には気分がよかったが、もっと

気持ちよかったのは、三蔵《さんぞう》が、

「わたしの一番弟子《でし》にまかせておけば、だいじょうぶです。万事、心配は無用《むよう》でございます！」

といったことだった。

だが、どうでもよくないのは、わたしがそのようなことをするかもしれないと疑《うたが》ったおまえの心根だ。おまえ、わたしをそのような者だと思っていたのか！

四

西天門《せいてんもん》

曹堅《そうけん》が帰ってしまうと、孫悟空《そんごくう》はひとまず玄奘三蔵《げんじょうさんぞう》に、

「お師匠様《ししょうさま》、ちょっといってまいります。」

といって、外に出た。そして、庭におおぜいの僧《そう》がいるのもかまわず、とんぼがえりをうって、觔斗雲《きんとうん》に跳《と》びのった。

そのまま急上昇《きゅうじょうしょう》し、空高くあがって、天界の西門、西天門《せいてんもん》をめざす。觔斗雲《きんとうん》は、なにしろ、ひと飛《と》び十万八千里なのだ。長安《ちょうあん》から天界は、悟空《ごくう》にしてみれば、目と鼻のさきというところだ。

すぐに天界の西門につくと、悟空《ごくう》は觔斗雲《きんとうん》から跳《と》びおりた。門を守る天兵《てんぺい》のひとりが槍《やり》の先を悟空《ごくう》にむける。すると、その天兵《てんぺい》に、そばにいたもうひとりの天兵《てんぺい》が何か耳うちをした。

槍《やり》のさきをむけた天兵《てんぺい》が、

「あっ……。」

とつぶやいて、すぐ槍《やり》を上にむけなおし、直立不動の姿勢《しせい》をとった。

門の外にだれかきたのがわかったのか、天兵《てんぺい》の隊長《たいちょう》が出てきて、悟空《ごくう》の顔を見ると、すぐに門の中にひっこんだ。

このぶんなら、すぐに広目天王《こうもくてんのう》は出てくるだろうと思っていたら、やはりすぐに出てきて、悟空《ごくう》に声をかけてきた。

「おお、斉天大聖《せいてんたいせい》！　きょうはなんだ？」

見れば、手に筆と巻物《まきもの》を持っている。

「おう、ちょっとおまえにききたいことがあってな。」

と悟空《ごくう》がいったところで、さっき仲間の天兵《てんぺい》に耳うちをした天兵《てんぺい》が今度は広目天王《こうもくてんのう》の耳に何かささやいた。

「おっ、そうだった……。」

とつぶやくと、広目天王《こうもくてんのう》は悟空《ごくう》に深々と頭をさげた。そして、おもむろにその頭をあげると、いった。

「これはこれは、闘戦勝仏様《とうせんしょうぶつさま》。めでたく天竺《てんじく》からお帰りになられ、まことにおめでとうございます。このたびはまた、どのようなご用件《ようけん》でございましょうか。」

悟空《ごくう》は小さなため息をついてから、広目天王《こうもくてんのう》にいった。

「おまえ、いやなやつだな。その闘戦勝仏《とうせんしょうぶつ》っていうやつになるとしたって、それは来《らい》世《せ》のことだし、おれには来世《らいせ》なんてないから、金輪際《こんりんざい》、闘戦勝仏《とうせんしょうぶつ》にはならない。未来《みらい》永劫《えいごう》、おれは斉天大聖孫悟空《せいてんたいせいそんごくう》だから、そこんとこ、これからも、よろしくたのむぜ。」

すると、広目天王《こうもくてんのう》はいった。

「ついさきほど、東海竜王《とうかいりゅうおう》がここにまいり、闘戦勝仏様《とうせんしょうぶつさま》がそのようなことをおっしゃっているともうしておりました。ですが、おっしゃることはひとつの理屈《りくつ》ではありましょうが、やはり、釈迦如来様《しゃかにょらいさま》がおきめになったことですから、わたくしどもといたしましては、闘戦勝仏様《とうせんしょうぶつさま》とお呼《よ》びしたほうが……。」

最後《さいご》までいいおわらないうちに、悟空《ごくう》がそれをさえぎった。

「東海竜王《とうかいりゅうおう》がここにきたって、なんでまた？　まあ、いいや、そんなことは。それより、そうやって、闘戦勝仏《とうせんしょうぶつ》って、おれのこと呼《よ》んでいればいいさ。そのかわり、おまえがそういう了見《りょうけん》なら、おれにも考えがある。闘戦勝仏《とうせんしょうぶつ》になってしまっては、もうそんなこともできまいから、今のうちに、どかどか中に入っていって、玉帝《ぎょくてい》の野郎《やろう》を玉《ぎょく》座《ざ》から引きずりおろし……。」

するとと、今度は広目天王《こうもくてんのう》が悟空《ごくう》の言葉をさえぎった。

「わかった、わかった。斉天大聖《せいてんたいせい》、わかったよ。闘戦勝仏《とうせんしょうぶつ》と呼《よ》ばずに、大聖《たいせい》といえばいいんだろ。それで、なんだ、大聖《たいせい》、きょうの用は？」

「やっぱり、おまえはものわかりがいい。用ってのはほかでもない。直接《ちょくせつ》おまえにききたいことがあるんだ。おまえ、近ごろ地上におりたことがあるか？　たとえば、長《ちょう》安《あん》とか？」

「長安《ちょうあん》？　しばらくいってないな……。」

と広目天王《こうもくてんのう》が答えたところで、悟空《ごくう》は、

「やっぱりな。わかったよ。ちょっとたしかめたかっただけだ。」

といい、くるりとふりむき、とんぼがえりをうった。

たちまち觔斗雲《きんとうん》にのった悟空《ごくう》を見あげるようにして、広目天王《こうもくてんのう》がきいてきた。

「なんだ、いったい？　そんなことをたしかめて、どうするんだ。わけをいえ。」

「いや、たいしたことじゃない。」

「たいしたことかどうか、いわなければわからない。」

「それならいうが、長安《ちょうあん》の曹堅《そうけん》という金持ちの商人の夢《ゆめ》に、おまえがあらわれて、米だの干魚《ほしざかな》だの銭《ぜに》だのを供物《くもつ》に出せというそうだ。その商人がいうには、本物の広目天《こうもくてん》王《のう》なら、どんな供物《くもつ》も出すが、もし……。」

とそこまでいうと、広目天王《こうもくてんのう》は眉《まゆ》をよせ、大声を出した。

「そんなやつはにせ者にきまっているではないか！　なんで、わたしが長安《ちょうあん》の商人の夢《ゆめ》に入っていき、芋《いも》や干魚《ほしざかな》や銭《ぜに》などをせびらなければならないのだ。」

「まあ、そう怒《おこ》るなよ。そんなことはわかっているが、念のため、ききにきただけだ。それから、芋《いも》ではなく、米だ。」

「芋《いも》か米かはどうでもいい。そのにせ者にも腹《はら》が立つ。だが、どうでもよくないのは、わたしがそのようなことをするかもしれないと疑《うたが》ったおまえの心根だ。おまえ、わたしをそのような者だと思っていたのか！」

いつになく広目天王《こうもくてんのう》がいきりたつので、悟空《ごくう》はめんくらってしまった。そこで、

「わかってるよ。だけど、その商人の相談《そうだん》をうけたのが、おれの師匠《ししょう》だからな。おまえだって知ってるだろ。おれの師匠《ししょう》は、今までみたいに、ただのぼうずじゃないんだ

ぞ。来世《らいせ》は栴檀功徳仏《せんだんくどくぶつ》っていうのになるんだ。その栴檀功徳仏様《せんだんくどくぶつさま》になられることが今からわかっているおかたがだな、相談《そうだん》をおうけになって、それでおれは、そのおかたの、いわば、ご命令《めいれい》でしらべてるんだ。だから、いくら、そんなことはあるまいと思っても、いちおうはおまえにたしかめなけりゃならないことくらい、おまえだって、長いあいだ、こういうところにいるんだから、そのへんのことはわかりそうなもんじゃないか。」

とかなんとか、わけのわかったような、わからないようないいのがれをすると、広目《こうもく》天王《てんのう》は、大きく息をつき、

「まあ、そういうことなら、しかたがない。だが、わたしはそういうことはしてないぞ！」

と断言《だんげん》した。それから、

「その商人の夢《ゆめ》の中にあらわれたやつはわたしのにせ者にちがいないのだ。わたしに化けて、人間から芋《いも》や麦や銭《ぜに》をまきあげるとは、けしからんやつだ。これからいって、ひっつかまえてやる。ちょっと、ここで待っていろ！」

といいのこし、悟空《ごくう》が、

「芋《いも》や麦じゃなく、米や干魚《ほしざかな》だ。」

というよりも早く、門から中に入ってしまった。

しばらくすると、広目天王《こうもくてんのう》は、手に小さな宝塔《ほうとう》をのせた多聞天王《たもんてんのう》といっしょに出てきて、悟空《ごくう》にいった。

「この西天門《せいてんもん》のことは、多聞天王《たもんてんのう》にたのんだから、だいじょうぶだ。さあ、早くいこう、大聖《たいせい》！」

見れば、どこにおいてきたのか、筆と巻物《まきもの》はもう持っていない。そのかわり、左の脇《わき》に三鈷戟《さんこげき》をかかえ、左手には五色の羂索《けんさく》、つまり両端《りょうはし》にそれぞれとがった棒《ぼう》と輪がついた縄《なわ》を持っている。

悟空《ごくう》は内心、こんな、人間からすれば、見るからに恐《おそ》ろしげな三叉《みつまた》の槍《やり》をかかえ、だれかをつかまえて、羂索《けんさく》でふんじばってやろうと、意気込《いきご》み満々《まんまん》のやつをつれていったら、かえってことが大きくなり、めんどうなことになるな……、とそう思った。

さすがに多聞天王《たもんてんのう》も同じようなことを感じたようで、広目天王《こうもくてんのう》に、

「その三鈷戟《さんこげき》は不要《ふよう》ではあるまいか。腰《こし》の剣《けん》だけで、じゅうぶんだろう。あずかるから、三鈷戟《さんこげき》はおいていったほうがいい。」

といった。

「そうか…。」

としぶしぶ、広目天王《こうもくてんのう》は三鈷戟《さんこげき》を多聞天王《たもんてんのう》にわたしたが、悟空《ごくう》は、くるなといったって、このようすでは、いうことをきくまいと思い、

「じゃあ、いこうか。」

といって、長安《ちょうあん》をめざし、空を急角度でおりていった。

五

悟空《ごくう》の考え、悟浄《ごじょう》の思い

そうだ。六耳獼猴《ろくじびこう》だ。あれはおれの分身のようなものだから、
本物のおれと同じくらい強い。だから、いくら戦っても、
らちがあかなかった。もし、おまえのにせ者が
そういうやつだったら、どうする？

いくら四天王《してんのう》のうちのひとり、広目天王《こうもくてんのう》の乗る雲とはいえ、孫悟空《そんごくう》の觔斗雲《きんとうん》にはかなわない。さきに長安《ちょうあん》の弘福寺《こうふくじ》の塔《とう》の屋根にもどってきた悟空《ごくう》が空を見あげると、まだ広目天王《こうもくてんのう》の雲は見えない。

下を見ると、庭に辯機《べんき》がいる。ほかにはだれもいない。僧《そう》たちのことだ。時刻《じこく》によって、することがきまっているのだろう。それで、庭には辯機《べんき》しかいないのだ。

悟空《ごくう》がどこにいったか、それでそのあとどうするか、沙悟浄《さごじょう》はだいたいの見当をつけ、

「わたしはお師匠様《ししょうさま》のおそばをはなれるわけにはいかぬゆえ、おまえが庭で兄弟子《あにでし》様《さま》

をおむかえしなさい。」

とかなんとか、とりすました顔で辯機《べんき》に命じたにきまっている。あいつだけお師匠様《ししょうさま》のそばにいて、ちょっとむかつく。

そんなふうに思いながら、悟空《ごくう》が下にむかって、

「おおい、辯機《べんき》!」

と呼《よ》ぶと、辯機《べんき》がこちらを見あげた。

悟空《ごくう》が手をふると、辯機《べんき》も気づいたようで、手をふりかえしてくる。

悟空《ごくう》は大声でいった。

「ちょっとそこで待っていろ。おまえにききたいことがある!」

辯機《べんき》がうなずいた。

悟空《ごくう》は空を見あげた。すると、高いところに小さな点があらわれ、みるみるうちに大きくなって、悟空《ごくう》のそばにおりてきた。その雲から、広目天王《こうもくてんのう》が屋根に跳《と》びおりてくる。

「さあ、これからどうするのだ、大聖《たいせい》。おまえ、わたしのにせ者に心あたりがあるのか。」

広目天王《こうもくてんのう》にそういわれ、悟空《ごくう》は、

「心あたりはないが、つかまえる算段《さんだん》はある。」

と答えてから、きいてみた。

「ところで、広目天王《こうもくてんのう》。おまえ、にせ者をつかまえたら、どうする気だ。」

「むろん、こらしめる。」

「どうやって?」

「ううむ……。」

とうなってから、広目天王《こうもくてんのう》はいった。

「それは、つかまえてから考える。」

「なるほど……。」

とうなずいてから、悟空《ごくう》はいった。

「おれは、うちのお師匠様《ししょうさま》といっしょに天竺《てんじく》にいったとき、とちゅう、ものすごく強いおれのにせ者と戦ったことがある。」

「そのことなら、天界ではだれでも知っている。六耳獼猴《ろくじびこう》のことだな。」

「そうだ。六耳獼猴《ろくじびこう》だ。あれはおれの分身のようなものだから、本物のおれと同じくらい強い。だから、いくら戦っても、らちがあかなかった。もし、おまえのにせ者がそういうやつだったら、どうする？」

「それはこまるな……。」

といって、広目天王《こうもくてんのう》が腕《うで》をくんだところで、悟空《ごくう》はいった。

「な、そうだろ。おれのにせ者なら、おれが退治《たいじ》したい。だから、おまえだって、自分のにせ者は自分で退治《たいじ》したいだろう。だが、そいつがおまえと同じくらい強かったら、どうなる？　何日戦ったって、終わりはしない。その戦いをこの長安《ちょうあん》の町でやったらどうなる？　町はめちゃくちゃだ。いくら人間の町でも、めちゃくちゃにしたら、おまえのところの玉帝《ぎょくてい》だって、いい顔はしない。あいつのことだから、『そもそも、そちの心がけが悪いから、このようなことになるのだ。』とかなんとかいってだな……。」

悟空《ごくう》がそこまでいうと、広目天王《こうもくてんのう》がそれをさえぎった。

「わかった。それで、おれにどうしろというのだ。」

「まあ、そうさきをいそぐな。おれに、考えがある。おまえ、おれが天界で大あばれしたときのことをおぼえているな。」

「おぼえている。」

「じゃあ、おれがどれだけ強いか知っているな。」

「知っている。」

「おまえより、おれのほうが強いよな。」

「まあ、そうだ。だが、そんなことをなぜ、今ここでたしかめるのだ。おまえもいやなやつだな。」

「まあ、聞けよ。それなら、もし、悪さをしているやつがおまえの分身でも、おれはそいつより強いということになる。」

「まあ、そういうことになる。」

と広目天王《こうもくてんのう》がうなずいたところで、悟空《ごくう》は息を大きく吸《す》うと、たてつづけにいった。

「しかし、だからといって、おまえが何もしないで、おれだけでそいつを退治《たいじ》したら、おまえの顔が立たない。だって、おまえ、ここにくるとき、多聞天《たもんてん》に、わけを話しただろ。多聞天《たもんてん》がだれにもしゃべらなくても、多聞天《たもんてん》自身は知っているからな。おまえが何もしないで、おれだけにやらせたとなると、多聞天《たもんてん》にいわせりゃあ、じゃあ、おまえ、何をしについていったのだ、ということになる。けれども、おまえひとりでやれば、長安《ちょうあん》の町はめちゃくちゃになる。そこでだ。おれがそいつを追いつめて、あとはつかまえるだけというところまでもっていくから、そうしたら、おまえはその羂索《けんさく》でふんじばって、天界につれていくなりなんなりすればいい。どうだ？」

「なるほど、わかった。それで、わたしはどうすればいいのだ。」

「うむ。今、庭に、うちの師匠《ししょう》の四番弟子《でし》の辯機《べんき》っていうやつがいる。おれはこれから、そいつに案内させて、にせ者があらわれる曹堅《そうけん》っていう商人の屋敷《やしき》にいく。おまえは空からついてこい。それで、おれがそいつの屋敷《やしき》に入ったら、そいつの屋敷《やしき》の庭の西におりていけ。そこには、おまえを祭った祠《ほこら》があるはずだ。その場所をたしかめたら、あとは空の上で待っていろ。夜、おれがそいつをそこにおびきよせたら、合図をする。そうしたら、おまえがおりてきて、そいつをつかまえればいい。」

「わかった。それで、合図は？」

「おまえがわかりやすい合図にする。何がいい？」

「では、『オン・ビロバクシャ・ノウギャ・チハタエイ・ソワカ！』ととなえてくれ。これなら、おまえが小さな声でいっても、雲の上のわたしに聞こえる。」

「それはおまえの真言《しんごん》ではないか。」

「そうだ。知っていたか？」

「それくらい、知っている。」

といって、悟空《ごくう》は五層《そう》の塔《とう》の屋根から地面に跳《と》びおりた。

辯機《べんき》がかけよってきて、目をかがやかせてきいてきた。

「今、どなたかと、塔《とう》の上でお話ししていませんでしたか？」

「ああ。」

悟空《ごくう》がうなずくと、辯機《べんき》は塔《とう》の屋根をちらりと見あげてから、いった。

「どなたです？」

「広目天王《こうもくてんのう》さ。」

「広目天王《こうもくてんのう》って、あの四天王《してんのう》の？」

「そうだ。」

「へえ……。」

と、辯機《べんき》は塔《とう》を見あげ、両手を合わせて、頭をさげた。そして、ふたたび顔をあげると、目をとじ、両手を合わせたまま、広目天王《こうもくてんのう》の真言《しんごん》をとなえはじめた。

「オン・ビロバクシャ・ノウギャ・ヂハタエイ・ソワカ！　オン・ビロバクシャ・ノ

ウギャ・ヂハタエイ・ソワカ！　オン・ビロバクシャ……。」

悟空《ごくう》は辯機《べんき》の頭を軽くたたき、

「広目天王《こうもくてんのう》くらいで、ありがたそうにしてるんじゃない！　曹堅《そうけん》っていう男の屋敷《やしき》におれをつれていけ。」

といった。

辯機《べんき》は目を開き、広目天王《こうもくてんのう》の真言《しんごん》をやめて、悟空《ごくう》に答えた。

「わかりました。それでは、すぐにまいりましょう。」

辯機《べんき》は名ごりおしそうに塔《とう》の屋根に目をやってから歩きだし、門から外に出た。

なにしろ長安《ちょうあん》は都なのだ。まだ夕方にはだいぶ時間があり、人どおりも多い。

悟空《ごくう》はすぐに、人の姿《すがた》に化身してくればよかったと後悔《こうかい》した。

すれちがう人間たちが悟空《ごくう》をじろじろ見ていく。見るだけではなく、

「あっ、あれは斉天大聖《せいてんたいせい》だ！」

とか、

「孫悟空《そんごくう》よ！」

などといって、あからさまに悟空《ごくう》を指さす者もいる。

悟空《ごくう》は辯機《べんき》の横にならび、歩きながら小声できいた。

「いくらおれが猿《さる》だからって、どうしてすぐにおれのことがわかるんだ。」

「ああ、そのことですか。それなら、ほら、あそこの店をごらんください。」

といって、辯機《べんき》が指さしたのは、そこから二軒《けん》さきの右側にある店だった。

どうやら、書物などを売る店らしいが、入口の横に、おたずね者の人相書きのような絵がはってある。その顔が悟空《ごくう》だということは、悟空《ごくう》自身、すぐにわかった。しかも、顔の上には、〈斉天大聖孫悟空《せいてんたいせいそんごくう》〉という字が書いてある。

店のまえまでいって立ちどまると、悟空《ごくう》は辯機《べんき》にいった。

「なんだよ、これは。」

「はい。兄弟子様《あにでしさま》の絵でございます。」

「そんなことはわかる。どうして、このようなものがあるのだ。」

「はい。魔《ま》よけとして、売られているのです。」

「魔《ま》よけだと。それで、だれが描《か》いたのだ?」

「最初《さいしょ》の一枚《まい》は沙悟浄様《さごじょうさま》でございます。あとは、ほかの弟子《でし》たちの中で、絵のうまいものが……。」

「なんだと、悟浄《ごじょう》のやつ、そんなことを……。」

といって、悟空《ごくう》が弘福寺《こうふくじ》にもどろうとすると、辯機《べんき》が悟空《ごくう》の袖《そで》をにぎって、ひきとめた。

「お待ちください、兄弟子様《あにでしさま》。帝《みかど》はお師匠様《ししょうさま》にきちんとお金をご下賜《かし》くださいます。それに、たとえば、これからうかがう曹様《そうさま》のように、たくさんご寄進《きしん》くださるかたも少なくありません。しかし、そういうお金は、天竺《てんじく》の言葉で書かれたお経《きょう》をこの国の言葉になおすために、また、弘福寺《こうふくじ》の修理《しゅうり》や、僧《そう》たちに必要なもののために使われます。お師匠様《ししょうさま》の弟子《でし》はふえる一方です。お師匠様《ししょうさま》はあらたな弟子《でし》から入門料をおとりになりません。弟子《でし》がふえれば、お金もかかるのです。わたしどもは人間ですから、いくら僧《そう》とはいえ、ときには甘《あま》いものなどを食べたくもなります。そんなとき、まさかお師匠様《ししょうさま》に、『饅頭《まんじゅう》を食べにいきたいので、銭《ぜに》をいただけませんか。』などといえますか？　そういうときや、そんなあれやこれやのときのために、悟浄様《ごじょうさま》はいろいろ考えてくださり、兄弟子様《あにでしさま》の絵を思いつかれたのです。」

大まじめな顔で、辯機《べんき》にそういわれ、悟空《ごくう》はかえす言葉がなかった。

さっき、あいつだけお師匠様《ししょうさま》のそばにいて、ちょっとむかつく、などと思ってしまい、悟浄《ごじょう》に悪かったような気がする。

悟空《ごくう》は辯機《べんき》にいった。

「手をはなせ。曹堅《そうけん》の屋敷《やしき》っていうのは、まださきか?」

「まだ、寺を出たばかりでございませんか。」

といって、辯機《べんき》は悟空《ごくう》の袖《そで》から手をはなした。

六

にせ広目天王《こうもくてんのう》

曹堅《そうけん》よ、ここがどこだかわかるか？

西にむかってしばらく歩き、いくつめかの広い十字路まできたとき、

「ほら、あそこが曹様《そうさま》のお屋敷《やしき》です。」

と辯機《べんき》が指差したさきを見れば、店先に〈天竺蛇骨散《てんじくじゃこつさん》〉と書かれた看板《かんばん》が見えた。

蛇骨散《じゃこつさん》とは、蛇《へび》の骨《ほね》を粉《こな》にしたものだから、おそらく薬屋の看板《かんばん》だろう。

「曹堅《そうけん》は薬屋なのか。」

孫悟空《そんごくう》がたずねると、辯機《べんき》はいった。

「いえ、薬屋の一軒《けん》むこうです。曹様《そうさま》はそこのお屋敷《やしき》に住んでおられるだけで、お店はべつの場所にあるのです。おもに穀物《こくもつ》をあつかっておられます。」

「どっちにしても、もう近いわけだな。」

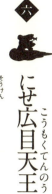

悟空《ごくう》はそういって、体をひとゆすりし、最初《さいしょ》に辯機《べんき》に会ったときと同じ僧《そう》に化身した。

目の前で化身されても、辯機《べんき》はもう驚《おどろ》かなかった。

「曹様《そうさま》は兄弟子様《あにでしさま》のことをごぞんじなのですから、今さらそんなかっこうをなさらなくても……。」

辯機《べんき》にそういわれ、悟空《ごくう》は、

「曹堅《そうけん》のうちには、曹堅《そうけん》ひとりが住んでいるわけではないだろう。家の者たちをあまりびっくりさせてはいけないからな。」

といったが、悟空《ごくう》が正体を見せたくないのは曹堅《そうけん》の家族や召使《めしつか》いたちではなかった。ここまでくれば、広目天王《こうもくてんのう》に化けているやつがどこで見ているかわからない。雲に乗っている広目天王《こうもくてんのう》は人目をひかないが、悟空《ごくう》はいかにも目立つ。

あいては夢《ゆめ》の中にあらわれるというから、動きだすのは早くても日が暮《く》れてからだろうが、用心にこしたことはない。

曹堅《そうけん》の屋敷《やしき》のとなりの薬屋のまえまできて、店を見てみると、窓《まど》には木戸がはめられ、玄関《げんかん》の戸も閉《し》まっている。

「薬屋は、やっていないのか。」

なんとはなしに悟空《ごくう》がたずねると、辯機《べんき》は答えた。

「はい。ここのうちの主人は役人につかまり、今、牢屋《ろうや》に入っております。なんでも、怪《あや》しげな薬を売ったとかで……。」

「怪《あや》しげな薬というのは、そこに書いてある天竺蛇骨散《てんじくじゃこつさん》というやつか？」

「いえ、それはただの腹痛《ふくつう》の薬で、どこにでも売っております。怪《あや》しげな薬といっても、どんな薬でなんという名なのかまではぞんじません。」

と辯機《べんき》がいっているまに、ふたりは曹堅《そうけん》の屋敷《やしき》のまえについた。

悟空《ごくう》は辯機《べんき》に、

「そうだ。いいわすれていたが、帰るとき、曹堅《そうけん》をつれていってくれ。それで、今夜は弘福寺《こうふくじ》に泊《と》めてくれ。」

というと、半円型《はんえんけい》の門をくぐった。すると、そこにいた召使《めしつか》いらしい男が辯機《べんき》の顔を見て、すぐに奥《おく》にひっこんだ。

すぐに曹堅《そうけん》が出てきたので、曹堅《そうけん》が何かいうまえに、悟空《ごくう》は曹堅《そうけん》に近づき、小声でいった。

「こんなかっこうをしているが、おれは孫悟空《そんごくう》だ。あんたがいつも寝《ね》ている部屋《へや》におれをつれていったら、あとは辯機《べんき》といっしょにここを出て、今夜は弘福寺《こうふくじ》に泊《と》まってくれ。」

曹堅《そうけん》が小さな声で答えた。

「かしこまりました。」

「ところで、銭《ぜに》ふた袋《ふくろ》はまだ供《そな》えてないな。」

「はい。お供《そな》えはいつも夜ですから。」

「よし。そのまま、供《そな》えないでいい。ところで、おかしなことをきくようだが、あんたは、寝《ね》ているときにいびきをかくか？」

「自分ではわかりませんが、召使《めしつか》いがいうには、そのようなことでございます。なんでも、たいそう大きないびきをかくようで……。」

「よし。じゃあ、いつも寝《ね》ている部屋《へや》に案内してくれ。」

悟空《ごくう》がそういうと、曹堅《そうけん》はさきにたって廊下《ろうか》を歩きだした。

曹堅《そうけん》はかなりの金持ちのようで、屋敷《やしき》も広いが、廊下《ろうか》のかどにおかれている大きな壺《つぼ》も、いかにも高そうで、これなら、布袋《ぬのぶくろ》にひとつやふたつの銭《ぜに》をときどき供《そな》えるく

らい、わけもなさそうだった。

庭に面した廊下《ろうか》をとおり、屋敷《やしき》のいちばん奥《おく》まった部屋《へや》につくと、曹堅《そうけん》は悟空《ごくう》にいった。

「ここでございます。」

さほど広い部屋《へや》ではなかったが、まん中に大きな寝台《しんだい》がおかれ、部屋《へや》のすみずみには、やはり高そうな壺《つぼ》やら台やらがおかれている。

「わかった。じゃあ、もういいから、辯機《べんき》といっしょに、弘福寺《こうふくじ》にいってくれ。あしたの朝までには、かたをつけるから、安心しろ。うちの者たちには、すぐに帰るといっておけ。」

悟空《ごくう》がそういうと、曹堅《そうけん》は悟空《ごくう》に頭をさげ、

「わかりました。それではよろしくお願いいたします。」

といって、辯機《べんき》といっしょに部屋《へや》を出ていった。

ふたりがいってしまうと、悟空《ごくう》はすぐに体をひとゆすりして、今そこにいた曹堅《そうけん》に化身した。そして、庭におりると、西のほうにいってみた。

庭には、水がひいてあり、小さな竹林があったり、築地《つきじ》があったりで、これまたい

かにも金持ちの屋敷《やしき》の庭そのものというふうだ。

西のはずれまでいくと、白ぬりの土壁《つちかべ》があり、それがとなりの家とのさかいになっている。その土壁《つちかべ》を背《せ》にして、祠《ほこら》があった。中をのぞくと、弘福寺《こうふくじ》にあった広目天王《こうもくてんのう》の像《ぞう》をひとまわりかふたまわり小さくしたような像《ぞう》がある。小さくしたといっても、ほとんど人間の等身大で、弘福寺《こうふくじ》のものと同じように、赤い顔をして、右手でヘビをつかみ、左手の指で金の玉をつまんでいる。曹堅《そうけん》が弘福寺《こうふくじ》の像《ぞう》を見本にして作らせたのはあきらかだ。

空を見あげると、空に雲がひとつだけ不自然《ふしぜん》に浮《う》いている。広目天王《こうもくてんのう》の雲だろう。

悟空《ごくう》はきびすをかえし、曹堅《そうけん》の寝室《しんしつ》にもどって、寝台《しんだい》にごろりと横になった。

夕方になり、部屋《へや》が暗くなると、召使《めしつか》いらしい女があかりを持って、部屋《へや》に入ってきた。

女は寝台《しんだい》に寝《ね》ている曹堅《そうけん》に化けた悟空《ごくう》を見て、

「ご主人様《しゅじんさま》、おかえりになられていらしたのですか。あかりをお持ちしました。」

といって、手にしたあかりで、部屋《へや》のあちこちの燭台《しょくだい》に火をともしていった。

女の仕事が終わるのを見はからって、悟空《ごくう》は女に声をかけた。

「今夜は食事はいらない。もう寝《ね》る。」

「かしこまりました。」

といって、女が部屋《へや》から出ていった。

庭で虫が鳴きはじめた。

もう秋だな、八戒《はっかい》のやつは高老荘《こうろうそう》で、毎日、百姓《ひゃくしょう》仕事にあけくれているのだろうか……、と、寝台《しんだい》に寝《ね》っころがったまま、そんなことを考えていると、虫の音《ね》がやんだ。

悟空《ごくう》は目をつぶり、ガー、ゴーといびきをかいているように、のどを鳴らしはじめた。

やがて、ゴソゴソと動物が石の上を歩く爪《つめ》の音のようなものが聞こえた。

音は寝台《しんだい》の足もとでとまり、音が変わった。カサコソと、爪《つめ》が布《ぬの》にあたる音だ。

悟空《ごくう》は薄目《うすめ》をあけて、足元を見た。

寝台《しんだい》のはじから、何か白いものが顔を出した。

やがて、顔だけではなく、体全体が寝台《しんだい》に乗った。

大きさは猫《ねこ》ほどもあるだろうか。大きくて、白いネズミだった。長い尾《お》にまで、白い毛がはえている。

白いウサギや白いネズミは、たいてい目は赤いものだが、その白ネズミの目は黒かった。

悟空《ごくう》がいびきをかいて、眠《ねむ》っているふりをしていると、白ネズミは悟空《ごくう》の胸《むね》にあがってきて、悟空《ごくう》のあごに前足をかけた。

薄目《うすめ》がばれてはまずいので、悟空《ごくう》は目をしっかりとつぶり、ガー、ゴーとのどを鳴らしつづける。

ネズミの鼻先が悟空《ごくう》の口に近づいたのがわかった。

次の瞬間《しゅんかん》、悟空《ごくう》の口に何かが入った。

ネズミが口うつしに、何かを悟空《ごくう》の口に落としたのだ。

ネズミが悟空《ごくう》の胸《むね》からおりるのがわかった。

トンと床《ゆか》で音がする。

寝台《しんだい》からおりたのだ。

薄目《うすめ》をあけて、見てみると、ネズミは床《ゆか》を走り、庭に出ていった。

少し待ってから、悟空《ごくう》は起きあがり、口の中のものを手のひらにはきだした。

それは銀色《ぎんいろ》をした丸い小さなつぶだったが、すでに口の中でとけはじめており、ほんのりとした甘《あま》さが口に残っている。

「まあ、そんなこったろうと思ったぜ。」

悟空《ごくう》はひとりごとをいって、手の中の銀色のつぶを爪《つめ》ではじきとばした。そして、右腕《みぎうで》で手まくらをし、曹堅《そうけん》の姿《すがた》のままで、今度はほんとうに眠《ねむ》ってしまった。

どれくらい時間がたったろうか。だれかが部屋《へや》に入ってきて、悟空《ごくう》をゆりおこした。

「曹堅《そうけん》、これ、曹堅《そうけん》……。」

悟空《ごくう》は目をさまし、体をおこして、まず部屋《へや》を見まわした。そして、

「おや、ここはどこだろう……。」

とつぶやき、自分を起こした者の顔をみて、

「ややっ、これは広目天王様《こうもくてんのうさま》！」

とわざとらしく、驚《おどろ》いてみせた。

たしかにそこにいたのは広目天王《こうもくてんのう》、というより、顔の赤い広目天王《こうもくてんのう》の像《ぞう》だった。

いや、像《ぞう》ではない。像《ぞう》ならば動かないが、それは動いている。広目天王《こうもくてんのう》のにせ者だ。

左手でつかんでいるヘビが体をくねらせている。

「曹堅《そうけん》よ、ここがどこだかわかるか?」

広目天王《こうもくてんのう》のにせ者にきかれ、悟空《ごくう》は、

「さて……。」

と首をかしげてみせた。

「ここは、雲の上だ。おまえは今、雲の上にいる。」

にせ広目天王《こうもくてんのう》の言葉に、悟空《ごくう》はまわりを見まわしてから、おおげさに驚《おどろ》いてみせた。

「わっ! たしかに雲の上だ!」

にせ広目天王《こうもくてんのう》がいった。

「そうだ。ここは雲の上だ。おまえ、わたしがいったとおりにしなかったな。祠《ほこら》に銭《ぜに》がないぞ。すぐに用意せぬと、おまえを雲の上から、下界につきおとすぞ。」

悟空《ごくう》はおかしくて、笑《わら》いがこみあげてきたが、それをぐっとおさえ、

「いえ、おっしゃるとおりにいたしました。銭《ぜに》を入れた布袋《ぬのぶくろ》、ふたつそろえて、庭の祠《ほこら》の中においてまいりました。」

といった。

「黙《だま》れ! このうそつきめ。わたしは今、自分で見てきたのだ。祠《ほこら》に銭《ぜに》はなかった

ぞ！」

「ああ、ひょっとして、祠《ほこら》のあなた様《さま》の像《ぞう》のまえしか、ごらんになっていないのではないでしょうか。このたびは、まえより銭《ぜに》が倍になっておりますから、だれかに盗《ぬす》まれてもいけないと思い、あなた様《さま》の像《ぞう》のうしろにお供《そな》えしてまいったのでございますが……。」

「何？　うしろとな……。」

というと、にせ広目天王《こうもくてんのう》はくるりと悟空《ごくう》に背中《せなか》を見せ、部屋《へや》から出ていこうとした。

悟空《ごくう》はおかしさをこらえて、うしろからにせ広目天王《こうもくてんのう》に声をかけた。

「広目天王様《こうもくてんのうさま》。あとで、わたくしめを雲からおろしてくださいましーっ！」

そして、にせ広目天王《こうもくてんのう》が出ていってしまうと、悟空《ごくう》は、

「オン・ビロバクシャ・ノウギャ・ヂハタエイ・ソワカ。」

とつぶやいたのだった。

七

魂迷銀丹《こんめいぎんたん》

それは、広目天王様《こうもくてんのうさま》のお姿《すがた》はどれも、竜《りゅう》を手づかみにされ、なかなか見ばえがよいと思ったからです。

広目天王《こうもくてんのう》の真言《しんごん》をとなえたあと、頭の中で三十ほど数を数え、孫悟空《そんごくう》は庭に出た。

空に月が出ていて、庭は明るい。

体をひとゆすりして、もとの孫悟空《そんごくう》の姿《すがた》にもどり、西のはじまでいく。

広目天王《こうもくてんのう》が手に羂索《けんさく》を持ち、いかにもつまらなそうなふぜいで、地面を見おろしている。

近くでたしかめなくても、羂索《けんさく》のさきに何がつながれているかわかる。

「よう、広目天王《こうもくてんのう》。つかまえたみたいだな。」

そういって孫悟空《そんごくう》が広目天王《こうもくてんのう》のそばにいくと、広目天王《こうもくてんのう》の足もとで、さきほどの白いネズミが首に羂索《けんさく》をかけられて、うずくまっている。

悟空《ごくう》は白ネズミのまえにしゃがみこむと、

「おまえが雲からおろしてくれないから、自分でおりてきたぜ。」

といってから、たずねた。

「おまえ、年はいったいいくつだ。」

白ネズミは小さな声で答えた。

「今年《ことし》で二百歳《さい》になりました。」

「名は？」

「ありません。」

「おれは斉天大聖孫悟空《せいてんたいせいそんごくう》だ。」

「絵で拝見《はいけん》したことがあるので、ぞんじております。」

「おまえをつかまたのは、本物の広目天王《こうもくてんのう》だ。もう観念《かんねん》しろ。」

「はい。」

白ネズミが小さくうなずいたところで、悟空《ごくう》はたずねた。

「いつから、化けられるようになった？」

白ネズミは顔をあげて、答えた。

「百歳《さい》のときからです。」

「どうして、広目天王《こうもくてんのう》に化けて、曹堅《そうけん》から食い物や銭《ぜに》をだましとったのだ。」

「広目天王様《こうもくてんのうさま》に化けたのは、釈迦如来様《しゃかにょらいさま》や観音菩薩様《かんのんぼさつさま》ではおそれおおいし、いくらなんでも、そのようなおかたがお供物《くもつ》を出せというはずもないので、四天王様《してんのうさま》あたりなら、さほど……。」

白ネズミがそこまでいったとき、広目天王《こうもくてんのう》が羂索《けんさく》をぐいと引いた。

「ふざけるな！」

広目天王《こうもくてんのう》のどなり声と同時に、白ネズミが首に羂索《けんさく》をかけられたまま、宙《ちゅう》にまいあがって、ボトリと地面に落ちた。

悟空《ごくう》は立ちあがり、白ネズミが落ちたところまでいって、またそのまえにしゃがみこんだ。

「では、どうして四天王《してんのう》のうちの広目天王《こうもくてんのう》にしたのだ。」

悟空《ごくう》がそういうと、白ネズミは、ちらりと広目天王《こうもくてんのう》を見あげてから、答えた。

「それは、広目天王様《こうもくてんのうさま》のお姿《すがた》はどれも、竜《りゅう》を手づかみにされ、なかなか見ばえがよいと思ったからです。」

今度は、広目天王《こうもくてんのう》は羂索《けんさく》を引いたりはしなかった。

広目天王《こうもくてんのう》の像《ぞう》が右手でつかんでいるのはヘビではなく、竜《りゅう》だったのか。どうりで、左手に金の玉を持っているはずだ。竜《りゅう》といえば玉がつきものだからな。

悟空《ごくう》はそう思ったが、それは口には出さず、

「化けるあいてに、広目天王《こうもくてんのう》をえらんだのはわかった。しかし、食い物やら銭《ぜに》やらを曹堅《そうけん》からまきあげたのはなぜだ。」

ときいた。

「はい。わたしはとなりの薬屋の蔵《くら》に長く住んでいるネズミなのでございますが、薬屋の主人が家にいるころは、台所にいきさえすれば、食べ物があり、何不自由なく生きていけました。ですが、主人が役人につかまると、一家は離散《りさん》してしまい、店にはだれもいないようになってしまいました。それで……。」

とそこまでネズミが答えたところで、広目天王《こうもくてんのう》が口をはさんだ。

「それで、曹堅《そうけん》をだまして、食い物をまきあげたのだな。では、金は？　銭《ぜに》は何に使ったのだ？」

「はい。人間に化けて、食べ物を買うのに使いました。金さえ出せば、どんなにおい

しいものでも手に入り、そうこうするうちに、だんだん値《ね》のはるものを食べるようになって……。」

「なんだ、金も食い物めあてか……。」

あきれかえった広目天王《こうもくてんのう》がため息をついたところで、悟空《ごくう》は白ネズミにいった。

「おまえがさっき、おれの口に入れたのは、魂迷銀丹《こんめいぎんたん》だな。」

白ネズミがうなずく。

悟空《ごくう》は天界《てんかい》で大あばれするまえ、須菩提祖師《しゅぼだいそし》のところで仙術《せんじゅつ》をならった。觔斗雲《きんとうん》の術《じゅつ》を教えたのも、そしてまた、そのころまだ美猴王《びこうおう》という名だった悟空《ごくう》に、孫悟空《そんごくう》という名をつけたのも、その須菩提祖師《しゅぼだいそし》だ。その須菩提祖師《しゅぼだいそし》のもとでおよそ十年、悟空《ごくう》は修行《しゅぎょう》をつづけ、学問をつんだ。そのとき、薬草のことをずいぶん勉強し、薬については、そのへんの薬屋よりははるかに知識《ちしき》が深い。

魂迷銀丹《こんめいぎんたん》とは麻酔薬《ますいやく》のひとつで、飲んでしばらくすると、頭がぼんやりして、まさに夢見《ゆめみ》ごこち、まわりの出来事《できごと》が現実《げんじつ》のことなのか、夢《ゆめ》のことなのか、はっきりしなくなるのだ。

悟空《ごくう》は立ちあがって、広目天王《こうもくてんのう》にいった。

「起きて、目ざめているとき、おまえの像《ぞう》そっくりのやつがあらわれて、食い物や銭《ぜに》を出せといわれても、なんだ、こいつ、顔、赤くぬって、広目天王《こうもくてんのう》なんかのかっこうをしやがって、冗談《じょうだん》もいいかげんにしろってことになる。手の竜《りゅう》だって、ヘビにしか見えないし、空でも飛《と》んでみせれば信《しん》じるだろうが、そうでもなけりゃあ、神仏《しんぶつ》の形をしたものが目のまえにあらわれても、なかなか信《しん》じちゃくれない。しかも、曹堅《そうけん》のような商売人をだますのは容易《ようい》じゃない。それで、夢《ゆめ》で見たようにするために、化けてあらわれるまえに、魂迷銀丹《こんめいぎんたん》を飲ませたのだ。曹堅《そうけん》はいびきをかく。いびきをかくやつは口を開けて寝《ね》るから、薬を飲ませやすい。それはともかく、現実《げんじつ》におこっていることよりも、夢《ゆめ》の中のことのほうが、かえって本当っぽく感じられることがあるからな。」

「たしかに、そういうこともあるかもしれない。しかし、大聖《たいせい》。どうして、こいつが薬を使って、夢《ゆめ》の中にあらわれたように見せかけただけで、ほんとうに夢《ゆめ》にあらわれたのではないということがわかったのだ。」

広目天王《こうもくてんのう》にきかれ、悟空《ごくう》は笑《わら》って答えた。

「人間の夢《ゆめ》の中に入りこむなどということは、幽霊《ゆうれい》でもないかぎり、そうかんたんに

はできない。おまえらの世界でも、観音《かんのん》の野郎《やろう》くらいになりゃあ、それくらいやってのけるかもしれないがな。そんなことができるやつが、食い物やら銭《ぜに》やらを商人からまきあげようとは思うまいよ。」

「なるほど……。」

とうなずき、広目天王《こうもくてんのう》は羂索《けんさく》を持ったまま、腕《うで》をくんだ。

悟空《ごくう》は広目天王《こうもくてんのう》にたずねた。

「それで、このネズミ、どうする？　まさか、殺そうなどとは思ってはいまいな。天界につれていって、こらしめ、修行《しゅぎょう》させるか？」

「そうだなあ……。」

といって、広目天王《こうもくてんのう》は大きくため息をつくと、白ネズミをしみじみと見おろした。

広目天王《こうもくてんのう》はしばらくだまっていたが、やがて口を開いた。

「かかわってしまった以上、しかたがない。そうしよう。天界につれていく。」

白ネズミがあわれっぽくまばたきをして、悟空《ごくう》の顔を見あげた。

悟空《ごくう》は白ネズミにいった。

「だいじょうぶさ。天界《てんかい》にいけば、もう食い物の心配はいらないし、下界《げかい》よりもうまいものがたくさんある。修行《しゅぎょう》はけっこうきついかもしれないが、おまえのように、人間に化けるところまでいってれば、あとはがんばりしだいで、雲に乗るくらいのところまではいけるさ。名まえだって、だれかにつけてもらえる。おまえが、こいつはすごいと思うようなやつに、つけてもらいな。肝心《かんじん》なのは、逃《に》げようなんて思わないことだ。それから、めったにあらわれないだろうが、釈迦如来《しゃかにょらい》っていうおやじには気をつけろ。口ぐるまにのって、はりあおうなんて思ったら、たいへんなことになる。」

悟空《ごくう》はもう一度しゃがんで、白ネズミの首から羂索《けんさく》をはずしてやった。そして、両手でかかえあげると、広目天王《こうもくてんのう》の左肩《ひだりかた》にのせた。

白ネズミは逃《に》げるようすも見せず、広目天王《こうもくてんのう》の肩《かた》にしがみついている。

「あ、そうそう……。」

と、思い出したように、悟空《ごくう》は白ネズミにいった。

「観音《かんのん》っていうやつは、釈迦如来《しゃかにょらい》よりも、もっとたちが悪いから、近づかないほうがいい。」

するど、広目天王《こうもくてんのう》はいやな顔をして、

「そのようなことをいうな。」

といってから、悟空《ごくう》の頭のにせ緊箍《きんこ》に目をやった。そして、こういった。

「観音菩薩様《かんのんぼさつさま》と聞いて、思い出した。それは南海竜王敖欽《なんかいりゅうおうごうきん》が作ったにせの緊箍《きんこ》だな。」

悟空《ごくう》は、

「そうとも。よく知ってるな。」

と答えてから、

「じゃあな、広目天《こうもくてん》。おれは、曹堅《そうけん》の寝《ね》どこで朝まで寝《ね》てから、弘福寺《こうふくじ》に帰る。」

というなり、広目天王《こうもくてんのう》に背《せ》をむけ、広い庭をつっきって、曹堅《そうけん》の寝室《しんしつ》にもどったのだった。

八

名

もしかすると、竜《りゅう》という字を入れて、あのネズミの名まえをつけたのは広目天王《こうもくてんのう》だな。

「まあ、そんなわけで、その白いネズミは、広目天王《こうもくてんのう》にあずけて、帰ってきたってわけだ。」

孫悟空《そんごくう》がそういうと、東海竜王《とうかいりゅうおう》は、

「その白いネズミですが、黒眼白竜《こくがんはくりゅう》という名まえがついたそうですよ。」

といった。

孫悟空《そんごくう》は長安《ちょうあん》で三日ほどすごすと、ひとまず玄奘三蔵《げんじょうさんぞう》や沙悟浄《さごじょう》、そして辯機《べんき》にわかれをつげた。そして今、花果山《かかざん》に帰るまえに、東海竜王《とうかいりゅうおう》のところに寄《よ》っている。茶を飲みながら、ひととおり、ことの顚末《てんまつ》を話し終わったところだ。

「黒い目の白ネズミってことで、黒眼白鼠《こくがんはくそ》ならわかるが、なんだ、その黒眼白竜《こくがんはくりゅう》っていうのは！」

と悟空《ごくう》はいったが、それにしても、なぜ、東海竜王《とうかいりゅうおう》があの白ネズミのことを知っているのか、いぶかしく思った。そこで、

「だが、どうして、おまえがネズミの名まえを知ってるんだ？」

ときいてみると、東海竜王《とうかいりゅうおう》はあたりまえのように答えた。

「どうしてって、きのう、弟の南海竜王敖欽《なんかいりゅうおうごうきん》がまたやってきて、そういうふうにいってましたから。」

それでは答になっていない。

悟空《ごくう》はさらにたずねた。

「では、どうして、敖欽《ごうきん》が知っているのだ。」

またもや、東海竜王《とうかいりゅうおう》はあたりまえのように答えた。

「どうしてって、そりゃあ、広目天王様《こうもくてんのうさま》からうかがったからでしょう。」

「では、どうして敖欽《ごうきん》は広目天《こうもくてん》から、そんなことを聞いたのだ。」

「どうしてって、敖欽《ごうきん》は、いや、敖欽《ごうきん》だけではなく、わたしも、またほかのふたりの弟たちも、ときどき、広目天王様《こうもくてんのうさま》のところにうかがうからですが……。」

「それなら、どうして、おまえたち竜王《りゅうおう》の兄弟が広目天《こうもくてん》のところにいったりしているのだ。」

「おかしなことをおっしゃいますね、大聖《たいせい》。そんなことはあたりまえではないですか。」

「どうして、あたりまえなのだ。」

「どうしてって、わたしども竜《りゅう》の一族は広目天王様《こうもくてんのうさま》の眷族《けんぞく》ですよ。」

「えーっ！」

とおもわず悟空《ごくう》は声をあげてしまった。

悟空《ごくう》は東海竜王《とうかいりゅうおう》の顔をしみじみ見てから、いった。

「眷族《けんぞく》？　おまえたちが広目天《こうもくてん》の？　眷族《けんぞく》っていったら、家臣みたいなものじゃないか。」

あいかわらず、東海竜王《とうかいりゅうおう》はあたりまえのような顔をしている。

「そうですよ。だから、人間が作る広目天王様《こうもくてんのうさま》の像《ぞう》は手に竜《りゅう》を持っていたりするのです。ごぞんじなかったのですか？」

「ああ、うん。いや、知らなかった。だけど、それ、いつからだ？」

「大昔からです。大聖《たいせい》がお生まれになるまえからです。」

「おれが生まれるまえからって……。」

いわれてみれば、悟空《ごくう》は東海竜王《とうかいりゅうおう》とも広目天王《こうもくてんのう》とも、どこか気の合うところがある。少なくとも、四天王《してんのう》の中では、広目天王《こうもくてんのう》がいちばん話をしやすい。

悟空《ごくう》は、

「やはり、どこかでつながっているってことか……。」

とつぶやいた。

それにしても、と悟空《ごくう》は思った。

天界《てんかい》やら竜宮《りゅうぐう》やら天竺《てんじく》やらの連中《れんちゅう》のことは、ずいぶんわかっているつもりでいたが、まだ知らないことがあるようだ……。

知らないことがあるということに気づいたら、ひとつ頭にひらめいた。

悟空《ごくう》はいった。

「もしかすると、竜《りゅう》という字を入れて、あのネズミの名まえをつけたのは広目天王《こうもくてんのう》だな。」

「さようでございます。あのネズミはどういうわけか、広目天王様《こうもくてんのうさま》のことが好きなようで、修行《しゅぎょう》も広目天王様《こうもくてんのうさま》のところですることになりました。」

「だけど、ネズミに黒眼白竜《こくがんはくりゅう》とはなあ……。」

「いえ、敖欽《ごうきん》が広目天王様《こうもくてんのうさま》からうかがったところでは、『百年で化身の術《じゅつ》を身につけたのだから、あと千年もすれば、竜《りゅう》になるかもしれん。』ということだそうです。」

「それにしたって、竜《りゅう》になるのは千年先だ。それを今から黒眼白竜《こくがんはくりゅう》とは、早すぎはしまいか。」

「早くたって、いいのですよ。名まえをつければ、だんだんそれにふさわしくなるものです。ですから、大聖《たいせい》。大聖《たいせい》も今のうちから、闘戦勝仏《とうせんしょうぶつ》という名にしたらいかがです。」

東海竜王《とうかいりゅうおう》はそういって、茶をひと口飲んだ。

「おまえ、それ、どういう意味だよ。」

悟空《ごくう》が小机《こづくえ》の上に両手をついて、身をのりだすと、東海竜王《とうかいりゅうおう》は天井《てんじょう》を見あげ、

「べつに……。」

とつぶやいたのだった。

第二譚《たん》

消えた翠《すい》蘭《らん》

それじゃあ、なんの用だ。まさか、百姓《ひゃくしょう》仕事の人手がたりないから、猿《さる》たちを手つだいによこせっていうんじゃないだろうな。

序《じょ》

秋の風が花果山《かかざん》の上をわたっていく。

頂上《ちょうじょう》の草の上に寝《ね》ころがり、孫悟空《そんごくう》は頭のうしろで手をくんで、ひるすぎの空を見ている。

ときどき谷で喚声《かんせい》があがる。

立って、谷を見おろしている流元帥《りゅうげんすい》が悟空《ごくう》にいった。

「大聖様《たいせいさま》。崩将軍《ほうしょうぐん》が優勢《ゆうせい》です。」

空を見あげたまま、あまり興味《きょうみ》なさそうに、悟空《ごくう》がつぶやく。

「そうか……。」

また、谷から喚声《かんせい》があがる。

いったい何をしてるのかといえば、花果山《かかざん》の谷で、猿《さる》たちがふたつの隊《たい》にわかれて、戦いの訓練をしているのだ。

流元帥《りゅうげんすい》がいった。

「おや、黄色い旗が撤退《てったい》をはじめました。いや、撤退《てったい》というよりは、総《そう》くずれです。」

黄色い旗《はた》の黄軍《こうぐん》は芭将軍《はしょうぐん》がひきいており、赤い旗《はた》の紅軍《こうぐん》を指揮《しき》しているのは崩将軍《ほうしょうぐん》だ。

悟空《ごくう》の近くにいる流元帥《りゅうげんすい》、それから紅軍《こうぐん》の崩将軍《ほうしょうぐん》、黄軍の芭将軍《はしょうぐん》、それからもうひとり、谷で訓練《くんれん》を近くで観戦《かんせん》している馬元帥《ばげんすい》、この四人、いや、四匹《ひき》の猿《さる》たちが花果《かか》山《ざん》の四長老《ちょうろう》だ。

頂上《ちょうじょう》で寝《ね》ころがっていると、だんだん眠《ねむ》くなってくる。

悟空《ごくう》は目を閉《と》じて、いった。

「それじゃあ、流元帥《りゅうげんすい》。きょうは崩将軍《ほうしょうぐん》の紅軍《こうぐん》の勝ちってことにしよう。しかし、おまえたちもよくやるなあ。いくら訓練《くんれん》をしたって、花果山《かかざん》に攻《せ》めてこようなんて酔狂《すいきょう》なやつはいないだろうが……。」

「たしかに、大聖様《たいせいさま》がおられるかぎり、花果山《かかざん》を攻《せ》めようなどと思う者はおりますまい。ですが、大聖様《たいせいさま》がお留守《るす》をされることもありますし、気のゆるみ、油断《ゆだん》は大敵《たいてき》です。みなの気をひきしめるためにも、ときどき、こういうことはしませんと……。」

と流元帥《りゅうげんすい》は答えたが、その言葉はもっともだ。

「それはまあ、たしかにそうだが……。」

といって、そのまま悟空《ごくう》が眠《ねむ》りそうになったとき、流元帥《りゅうげんすい》が大声をあげた。

「ややや っ！　あれはなんでしょう、大聖様《たいせいさま》！」

悟空《ごくう》が目を開け、流元帥《りゅうげんすい》を見あげると、流元帥《りゅうげんすい》が南の空を指さしている。

悟空《ごくう》は体を起こすと、立ちあがって、流元帥《りゅうげんすい》の指さすほうに目をやった。

空のさほど高くないところに、黒っぽい点が見える。

だんだん大きくなってくるところを見ると、近づいてくるのだ。

点のまわりに、怪《あや》しい火の粉《こ》が飛《と》んでいる。

雲に乗っているのではない。風に乗って、火の粉をまきちらしながら飛《と》んでくる者がいるのだ。そういう者は、悟空《ごくう》の知っているかぎりひとりしかいない。

はっきりと顔がわかるあたりまでくると、そのひとりしかいない者が手をふった。

そこに悟空《ごくう》がいることがわかったらしい。

とうとうその者は花果山《かかざん》の頂上《ちょうじょう》までくると、悟空《ごくう》のすぐそばにひょいと跳《と》びおりた。

「兄貴《あにき》。ひさしぶりだな。」

火の粉《こ》をまきちらしながら風に乗る者がひとりしかいないとすれば、大きな猪面《いのししづら》で、悟空《ごくう》に、

「兄貴《あにき》。ひさしぶりだな。」

という者もひとりしかいない。

猪八戒《ちょはっかい》だ。

「これは、これは、浄壇使者様《じょうだんししゃさま》。よくおいでくださいました。」

そういったのは悟空《ごくう》ではない。流元帥《りゅうげんすい》だ。

流元帥《りゅうげんすい》たち、花果山《かかざん》の四長老《ちょうろう》は、以前《いぜん》は、どこか八戒《はっかい》をばかにしているようなところがあったのだが、玄奘三蔵《げんじょうさんぞう》の供《とも》をして天竺《てんじく》にいった悟空《ごくう》から、八戒《はっかい》が釈迦如来《しゃかにょらい》より浄壇使者《じょうだんししゃ》の位をもらったと聞いて以来《いらい》、だいぶ、八戒《はっかい》に対する考えがかわったようだった。

八戒《はっかい》が、

「おお。ええと、おまえは……。」

といいながら、流元帥《りゅうげんすい》の顔を見て、そのあと、

「流元帥《りゅうげんすい》だな。」

というと、流元帥《りゅうげんすい》はうれしそうに顔をほころばせ、

「さようでございます。浄壇使者様《じょうだんししゃさま》。」

といって、深々と頭をさげた。

天竺《てんじく》から唐《とう》の都の長安《ちょうあん》に帰り、そこでわかれて以来《いらい》だったが、見れば、八戒《はっかい》はいくらか太ったようだ。着ているものは、錦《にしき》の衣《ころも》で、頭には、やはり錦《にしき》の頭巾《ずきん》のようなものをかぶっている。ぜいたくなのは着ているものばかりではない。肩《かた》に大きな袋《ふくろ》をかついでいるが、その袋《ふくろ》もまた、錦《にしき》で織《お》られている。きんきらきんのお大尽様《だいじんさま》といういでたちだ。なぜか、自慢《じまん》の得物《えもの》、上宝沁金《じょうほうしんきん》の九歯《きゅうし》の鈀《は》は手にしていない。

「ずいぶん羽振《はぶ》りがよさそうじゃないか、八戒《はっかい》。」

悟空《ごくう》がそういうと、八戒《はっかい》はいった。

「そういう兄貴《あにき》だって、ずいぶん立派《りっぱ》な身なりじゃないか。」

たしかに、八戒《はっかい》のいうとおりだった。

悟空《ごくう》は花果山《かかざん》の猿《さる》たちの王なのだ。王にふさわしく、黄色く染《そ》めた絹《きぬ》に銀糸で刺繍《ししゅう》

をほどこした衣《ころも》を着ている。それは、四長老《ちょうろう》が用意したものなのだが、じつをいうと、あまり着心地《きごこち》がよくない。

八戒《はっかい》の言葉を無視《むし》して、悟空《ごくう》がいった。

「ところで、どういう風の吹《ふ》きまわしだ。何か用か？」

「どういう風の吹《ふ》きまわしって？　たしかに、風に乗ってきたからなあ。」

といってから、八戒《はっかい》は袋《ふくろ》を地面におろし、紐《ひも》をゆるめて、中から大きな桃《もも》をひとつ取りだした。そして、それを悟空《ごくう》のほうにさしだして、いった。

「これは、うちの桃《もも》の木になった桃《もも》だ。兄貴《あにき》は桃《もも》が好物《こうぶつ》だから、持ってきた。」

悟空《ごくう》は八戒《はっかい》の手から桃《もも》をひったくると、ガブリとかみつき、ゴクリとのみこんだ。

そして、かじりかけの桃《もも》に目をやりながら、いった。

「ほう。これは、なかなかの上物《じょうもの》だな。」

「そりゃあ、そうだ。うちの桃《もも》は、ひとつにつき、黄金一枚《まい》でも買いたいっていうやつらがたくさんいるんだからな。みやげに、袋《ふくろ》いっぱい持ってきた。」

といって、八戒《はっかい》は袋《ふくろ》を流元帥《りゅうげんすい》にわたした。

手に残った桃《もも》を口に入れ、食べてしまうと、悟空《ごくう》は八戒《はっかい》にいった。

「それで、用はなんだ。まさか、お師匠様《ししょうさま》の身に何かあったんじゃないだろうな。」

「お師匠様《ししょうさま》？　べつにお師匠様《ししょうさま》のことできたんじゃない。お師匠様《ししょうさま》には、天竺《てんじく》から帰ってきてから、一度も会ってないしな。」

「それじゃあ、なんの用だ。まさか、百姓《ひゃくしょう》仕事の人手がたりないから、猿《さる》たちを手つだいによこせっていうんじゃないだろうな。」

「猿《さる》たちを手つだいにだと？　それもなかなかいい案《あん》だが、そんなんじゃないんだ。じつは、女房《にょうぼう》がいなくなった。それで、兄貴《あにき》にいっしょにさがしてもらおうと思って……。」

「なんだ、おまえ。女房《にょうぼう》に逃《に》げられたのか。そりゃあ、まともな人間の女なら、毎日おまえの顔を見てたら、逃《に》げたくもなるだろうさ。」

悟空《ごくう》がそういうと、八戒《はっかい》はむきになって、

「そんなことはない。翠蘭《すいらん》は、おれの顔のことを、ちょっとばかり耳が大きくて、鼻がせりあがってるところを別にすれば、どこも人間とはかわらないし、それどころか、なかなかの男前だって、そういってくれてるくらいだ。」

といいかえしてきた。

「わかったよ。おまえの女房《にょうぼう》の翠蘭《すいらん》には、そう見えるかもな。」

悟空《ごくう》がそういうと、近くにいた流元帥《りゅうげんすい》が声を殺《ころ》して、くすくすと笑《わら》った。

もともと八戒《はっかい》は天《あま》の川の水軍《すいぐん》を指揮《しき》していた天蓬元帥《てんぽうげんすい》だったのだが、酒に酔《よ》い、天《てん》女《にょ》を追いかけまわした罪《つみ》で天界《てんかい》を追放された。それで、下界《げかい》におりたとき、猪《いのしし》の腹《はら》に入ってしまい、猪《いのしし》に生まれ変わり、烏斯蔵国《うしぞうこく》の高老荘《こうろうそう》という村の高太公《こうたいこう》という金持ちの娘《むすめ》の婿《むこ》になっていたのだ。

悟空《ごくう》は八戒《はっかい》に、

「わかった。ちょうどたいくつしていたところだから、いっしょにいって、翠蘭《すいらん》をさがしてやろう。」

といってから、流元帥《りゅうげんすい》に命じた。

「そういうことだから、歩雲履《ほうんり》と虎《とら》の毛皮の腰《こし》まき、それから、お師匠様《ししょうさま》にいただいた衣《ころも》を持ってこい。」

「はっ！」

流元帥《りゅうげんすい》はそういって、山の斜面《しゃめん》をくだっていった。

流元帥《りゅうげんすい》の姿《すがた》が見えなくなってから、悟空《ごくう》は八戒《はっかい》にたずねた。

「それで、翠蘭《すいらん》はいつ、いなくなったんだ。」

「三日前の朝からいない。」

「屋敷《やしき》の近くは、ぜんぶさがしたんだろうな。」

「もちろんだ。」

「どういうふうにして、いなくなったんだ。」

「朝。おれが寝室《しんしつ》から出て、扉《とびら》を閉《し》め、その扉《とびら》のまえに立って、中庭を見ていたんだ。寝室《しんしつ》から、翠蘭《すいらん》が歌っている声が聞こえていた。だが、『きゃっ！』という声がして、歌声がとだえた。どうしたんだろうと思って、扉《とびら》を開けて、寝室《しんしつ》にもどった。しかし、そのときにはもう、翠蘭《すいらん》は消えていた。扉《とびら》は閉《し》まっていたし、ほかに外に出る戸はない。」

「つまり、扉《とびら》の閉《し》まっている部屋《へや》から、翠蘭《すいらん》が消えたということか。」

「そうだ。」

「それは奇妙《きみょう》だな。」

「奇妙《きみょう》なのだ。だから、こうやって兄貴《あにき》にたのみにきたのだ。」

「よし。」

と答えてから、悟空《ごくう》はさっきから気になっていたことを八戒《はっかい》にきいてみた。

「ところで、八戒《はっかい》。おまえ、上宝沁金《じょうほうしんきん》の九歯《きゅうし》の鈀《は》はどうした？　なぜ、持っていないのだ。」

するると、八戒《はっかい》はあたりまえのような顔で答えた。

「だって、兄貴《あにき》。もう天竺《てんじく》への旅は終わったし、ここにくるまでに、悪い妖怪《ようかい》なんて出そうもないからな。うちにおいてきた。というより、もう半年もあれにはさわってない。」

「そういうふうに油断《ゆだん》しているから、翠蘭《すいらん》に逃《に》げられるんだ。」

「逃《に》げたわけじゃない。消えたんだ。それに、油断《ゆだん》なんかしていない。九歯《きゅうし》の鈀《は》にはさわってないが、翠蘭《すいらん》にはさわっている。」

八戒《はっかい》が大まじめな顔でそういったとき、三匹《びき》の猿《さる》をしたがえ、流元帥《りゅうげんすい》が山をあがってくるのが見えた。

「着がえたら、すぐに出発する。」

悟空《ごくう》がそういうと、八戒《はっかい》は、

「そうしてもらえると、ありがたい。」

といって、自分がやってきた南の空に目をやったのだった。

◆一◆

寝室《しんしつ》

おい、兄貴《あにき》。翠蘭《すいらん》が若《わか》く見えるからって、まさか、
翠蘭《すいらん》のことを妖怪《ようかい》だなんて思っていないだろうな。

十数年ぶりに烏斯蔵国《うしぞうこく》、高老荘《こうろうそう》の村にきてみたが、あたりの風景も高太公《こうたいこう》の屋敷《やしき》も、ほとんど変わりはなかった。主人の高太公《こうたいこう》は、十数年前にすでに年よりだった。それからさらに年をとったはずなのだが、老けこんだようすもなく、広間で悟空《ごくう》を出むかえて、

「これはこれは、闘戦勝仏様《とうせんしょうぶつさま》。遠《とお》いところをよくおこしくだされまして、まことにありがとうございます。」

といって、頭を深々とさげたあと、すっと背中《せなか》をのばしたところには、まるで年よりっぽさがなかった。

悟空《ごくう》のことを闘戦勝仏《とうせんしょうぶつ》と呼《よ》んだところを見ると、高太公《こうたいこう》は娘婿《むすめむこ》の八戒《はっかい》に浄壇使者《じょうだんししゃ》の

位が約束されたことも知っているにちがいない。それなのに、八戒《はっかい》のことは、

「これ、剛鬣《ごうりょう》。村はずれまで高才《こうさい》がむかえにいったはずだが、おまえ、見なかったか？」

といって、八戒《はっかい》に玄奘三蔵《げんじょうさんぞう》が八戒《はっかい》という名をつけるまえに、八戒《はっかい》が使っていた剛鬣《ごうりょう》という名で呼《よ》んだ。

高才というのは、高太公《こうたいこう》の下男だが、悟空《ごくう》が会ったときはまだ若者《わかもの》だった。

八戒《はっかい》が高太公《こうたいこう》に、

「いえ。わたしたちは歩いてきたんじゃなく、空から……。」

というと、高太公《こうたいこう》は、

「おお、そうじゃな。」

といって、すぐに納得《なっとく》した。

高太公《こうたいこう》は、八戒《はっかい》のことをまるで人間の娘婿《むすめむこ》のようにあつかっていても、八戒《はっかい》の本性《ほんしょう》を忘《わす》れてはいないのだ。

若《わか》い下女がはこんできた茶を飲みおわると、悟空《ごくう》は八戒《はっかい》にいった。

「さっそくだが、まず、翠蘭《すいらん》がいなくなった部屋《へや》を見せてもらおうか。」

八戒《はっかい》に案内されて、その部屋《へや》にいってみると、それは、天竺《てんじく》に出かけるまえに八戒《はっかい》と翠蘭《すいらん》が使っていた寝室《しんしつ》だった。寝台《しんだい》やたんすや、机《つくえ》といった大きな家具は昔のままだったが、ふとんと、それから、燭台《しょくだい》などのこまごましたものは新しいものにかわっていた。

悟空《ごくう》は部屋《へや》をすみずみまで見た。

翠蘭《すいらん》がいなくなってから、もう何日もたっているせいか、妖気《ようき》がただよっていることもない。

戸はひとつしかなく、窓《まど》は廊下側《ろうかがわ》にまるいのがひとつあるだけだ。まえにはなかったから、新しくつけられたのだろう。その窓《まど》にしても、木の格子《こうし》がはめられている。だから、悟空《ごくう》のように虫にでも化身しないかぎり、どこかのすきまから外に出ることはできない。

いったん廊下《ろうか》に出ると、悟空《ごくう》は八戒《はっかい》にいった。

「ほら、金持ちの女には、身のまわりの世話をする女がついているだろ。そういう女がいれば、話を聞きたいんだがな。」

「ああ、明鈴《めいりん》っていう小間使いが翠蘭《すいらん》の世話をしている。」

八戒《はっかい》はそういうと、大きな声で、廊下《ろうか》のさきのほうにむかって、

「明鈴《めいりん》、明鈴《めいりん》ーっ！」

と呼《よ》んだ。

すぐに、若《わか》い女が走ってきた。

さきほど茶を持ってきた下女にしても、今ここにきた小間使いも、身ぎれいにしていて、衣《ころも》によごれがない。そういうところからも、高太公《こうたいこう》のゆたかさが知れる。

明鈴《めいりん》という名の若《わか》い小間使いは八戒《はっかい》のそばまでくると、おじぎをしてから、たずねた。

「ご用でしょうか、若旦那様《わかだんなさま》。」

さきほどの下女もそうだったが、明鈴《めいりん》もまた、悟空《ごくう》の顔を見ても、驚《おどろ》くようすがない。日ごろ、八戒《はっかい》の顔を見なれていれば、猿《さる》まるだしの悟空《ごくう》の顔を見ても、びっくりしないのかもしれない。どちらが不気味《ぶきみ》かといえば、悟空《ごくう》の顔より八戒《はっかい》の顔のほうが不気味《ぶきみ》にはちがいない。

「翠蘭《すいらん》がいなくなるまえに、何かかわったことはなかったか。」

悟空《ごくう》がたずねると、明鈴《めいりん》は、

「いえ、とくにはなかったと思います。朝、若奥様《わかおくさま》の髪《かみ》をゆってさしあげたときも、若奥様《わかおくさま》はご機嫌《きげん》がよく、鏡《かがみ》をのぞきこみながら、わたくしに、『ねえ、明鈴《めいりん》。わたし、もうとっくに三十をすぎているんだけど、まだ、はたちくらいにしか見えないでしょ。』などとおっしゃっていましたし……。」

と答えた。

それを聞いて、悟空《ごくう》は八戒《はっかい》にいった。

「そうなのか。翠蘭《すいらん》は、まだはたちくらいにしか見えないのか？」

すると、八戒《はっかい》はてれくさそうに、

「まあ、そうだが。」

と答えてから、きゅうに真顔《まがお》になって、いった。

「おい、兄貴《あにき》。翠蘭《すいらん》が若《わか》く見えるからって、まさか、翠蘭《すいらん》のことを妖怪《ようかい》だなんて思っていないだろうな。」

「べつに翠蘭《すいらん》だけじゃない。お師匠様《ししょうさま》が、『女人《にょにん》はみな妖怪《ようかい》です。妖怪《ようかい》の妖《よう》の字には、女という字が入っているではありませんか。』と、よくいっていたじゃないか。」

悟空《ごくう》がそういうと、八戒《はっかい》は首をかしげた。

「そうか？　お師匠様《ししょうさま》、そんなこと、いってたかな？」

「いってない。今のはおれのでまかせだ。」

「なんだよ、兄貴《あにき》。こういうときに、冗談《じょうだん》はよせよ。」

「だが、八戒《はっかい》。お師匠様《ししょうさま》がそういっていなくても、翠蘭《すいらん》は妖怪《ようかい》かもしれないではないか。いつまでも若《わか》いままで、部屋《へや》からきゅうに消えたりしたら、妖怪《ようかい》ではないかと疑《うたが》ってみるのがふつうだ。」

「だが、翠蘭《すいらん》は妖怪《ようかい》なんかじゃない。れっきとした人間の女だ。」

八戒《はっかい》は断言《だんげん》したが、悟空《ごくう》が、

「おまえ、白骨夫人《はっこつふじん》のときも、だまされて、妖怪《ようかい》じゃないっていってなかったか。」

というと、八戒《はっかい》はむきになり、

「白骨夫人《はっこつふじん》と翠蘭《すいらん》をいっしょにするなよ。翠蘭《すいらん》はぜったい妖怪《ようかい》なんかじゃないんだからな。」

といいきった。

「まあ、翠蘭《すいらん》が妖怪《ようかい》かどうか、それは見つけてみればわかるさ。」

悟空《ごくう》がそういうと、八戒《はっかい》は不安そうに声を落とした。

「だけど、万一、いや、これはあくまで万一のことだが、翠蘭《すいらん》が妖怪《ようかい》だったら、どうする気だ？」

「どうする気って、そんなのきまってる。如意金箍棒《にょいきんこぼう》でたたき殺《ころ》すだけだ。お師匠様《ししょうさま》だって、人間を殺《ころ》せば、しのごのいうが、妖怪《ようかい》だったら、文句《もんく》をいわないしな。」

「おい、ちょっと待ってくれよ、兄貴《あにき》。妖怪《ようかい》だったら、殺《ころ》してもいいって、そりゃあないぜ。翠蘭《すいらん》はおれの女房《にょうぼう》なんだからな。」

あわてる八戒《はっかい》に、悟空《ごくう》は笑《わら》って答えた。

「安心しろ、八戒《はっかい》。おれは、お師匠様《ししょうさま》とはちょっと考えがちがう。妖怪《ようかい》なら殺《ころ》してもいいとは思っていないからな。たとえ、翠蘭《すいらん》が妖怪《ようかい》だったとしても、問答無用《もんどうむよう》で頭をかちわったりしないから、だいじょうぶだ。」

「そうか。それならいいけどな……。」

八戒《はっかい》はそういったが、目はまだ不安《ふあん》そうだった。

翠蘭《すいらん》のことはまかせておけ。だが、その闘戦勝仏様《とうせんしょうぶつさま》と呼《よ》ぶのはやめてくれ。高才《こうさい》にも、それから、ここのうちの者みんなにも、そういっておいてくれ。

二 ふたりの姉

孫悟空《そんごくう》は高太公《こうたいこう》の屋敷《やしき》と庭をひととおり見てから、村中を歩いて見てまわったが、翠蘭《すいらん》の姿《すがた》はおろか、妖気《ようき》がただよっている場所すら見つからなかった。猪八戒《ちょはっかい》はずっと悟空《ごくう》のあとをついてきて、

「そこはもう見た。」

とか、

「そこも、もうしらべた。」

といっていた。

妖気《ようき》とは、ひと口にいえば、妖怪《ようかい》が発する気なのだが、八戒《はっかい》はもともと妖気《ようき》については鈍感《どんかん》で、玄奘三蔵《げんじょうさんぞう》との天竺《てんじく》の旅のあいだも、妖気《ようき》に気づかず、あとでたいへんな目に合うことが何度もあった。

いったん高太公《こうたいこう》の屋敷《やしき》にもどり、悟空《ごくう》と八戒《はっかい》が広間で茶を飲んでいると、高太公《こうたいこう》がひとりの女をつれてきて、

「闘戦勝仏様《とうせんしょうぶつさま》。これはわたしの妻《つま》でございます。」

といった。

女はけっして若《わか》くはなかったが、それでも三十歳《さい》をこえた娘《むすめ》がいる母親には見えなかった。

女は大きな盆《ぼん》を両手で持っていた。盆《ぼん》の上には大皿があり、そこには大きな桃《もも》がいくつものっていた。

「うちでとれた桃《もも》でございます。」

女はそういって、机《つくえ》の上に盆《ぼん》をのせると、深く頭をさげた。

八戒《はっかい》が持ってきたみやげも桃《もも》なら、ここで最初《さいしょ》に出されるのも桃《もも》だ。八戒《はっかい》はともかく、悟空《ごくう》の桃《もも》ずきは翠蘭《すいらん》の両親まで知っているようだ。

十数年前にきたときには、悟空《ごくう》は高太公《こうたいこう》の妻《つま》には会っていない。

女が顔をあげたところで、悟空《ごくう》はきいてみた。

「あんたが翠蘭《すいらん》の母親かい？」

「さようでございます。」

ひょっとすると、翠蘭《すいらん》の実の母親ではなく、高太公《こうたいこう》の後妻《ごさい》かと思ったが、女の目のあたりは、悟空《ごくう》の記憶《きおく》にある翠蘭《すいらん》の目とよく似《に》ている。

「せっかくだから、いただこう。」

といって、悟空《ごくう》が桃《もも》をひと口ほおばると、男の声が廊下《ろうか》から聞こえてきた。

「旦那様《だんなさま》、ただいまもどりました。」

そういって部屋《へや》に入ってきた男を見れば、高太公《こうたいこう》の下男の高才《こうさい》だった。

そこに悟空《ごくう》がいるのを見て、高才《こうさい》は、

「これは、これは、闘戦勝仏様《とうせんしょうぶつさま》……。」

といってから、高太公《こうたいこう》に報告《ほうこく》した。

「畑の見まわりはすべて終わりました。かわったことはございません。」

「よし。」

高太公《こうたいこう》がうなずくと、高才《こうさい》は広間から出ていった。

悟空《ごくう》は高才《こうさい》の姿《すがた》を見ても、やはりおかしいと思わないわけにはいかなかった。

とにかく、まえにここにきてから十年以上たっているのだ。ふつうの人間なら十数年分年をとるはずだし、それは顔にあらわれるはずなのだ。それなのに、高才《こうさい》の顔はまえとほとんどかわらない。

やはり、これは何かある……。

そう思った悟空《ごくう》は、高太公《こうたいこう》が、

「それでは、闘戦勝仏様《とうせんしょうぶつさま》。翠蘭《すいらん》のこと、お願いいたします。」

といって、妻《つま》といっしょに立ち去ろうとしたところで、いった。

「翠蘭《すいらん》のことはまかせておけ。だが、その闘戦勝仏様《とうせんしょうぶつさま》と呼《よ》ぶのはやめてくれ。高才《こうさい》にも、それから、ここのうちの者みんなにも、そういっておいてくれ。」

「それでは、どうお呼《よ》びしたらよろしいのでしょう。」

高太公《こうたいこう》の問いに答えたのは八戒《はっかい》だった。

「大聖様《たいせいさま》ってよんでください、お父《とう》さん。」

そういった八戒《はっかい》の顔を悟空《ごくう》はしみじみと見てしまった。

お父《とう》さんって……。こいつ、すっかりこのうちの者になりきっている。もとは天蓬《てんぽう》元帥《げんすい》だったっていうのに、人間の家族にとりこまれちまって……。

そう思ったとき、悟空《ごくう》の頭の中で、何かがひっかかった。

とりこまれている……？

ひょっとすると、この家全部が妖怪《ようかい》で、八戒《はっかい》は妖怪《ようかい》にとりこまれてしまっているのではないだろうか。だからこそ、八戒《はっかい》は、家の者たちが十年以上前とまるでかわらないことに気づかないのではないだろうか。

高太公《こうたいこう》と妻《つま》が広間を出ていったあと、悟空《ごくう》は八戒《はっかい》にたずねた。

「そういえば、八戒《はっかい》。翠蘭《すいらん》にはふたり姉がいたよな。ふたりとも、どこかに嫁《よめ》にいったのではなかったか？」

八戒《はっかい》はうなずいた。

「そうだよ。おれがこのうちの婿《むこ》になったときにはもう、ふたりとも嫁《よめ》にいっていた。」

「それで、ふたりはどこに嫁《よめ》にいったのだ。」

「この村ではない。近くの村だ。ふたり、それぞれちがう村の金持ちのところに嫁《よめ》にいった。ひとりは東の村で、もうひとりは西の村だ。」

「それで、そのふたりの姉っていうのは、翠蘭《すいらん》とはいくつちがいなのだ。」

「上の姉が翠蘭《すいらん》より六つ上、下の姉が三つだったかな。」

「むろん、ふたりの姉が嫁《よめ》にいったさきは、もう見にいったんだろうな。」

「もちろんだ。その日のうちにおれがいって、翠蘭《すいらん》がいっているかどうか、見てきた。それから、次の日もいったが、翠蘭《すいらん》はいなかった。もし、翠蘭《すいらん》があらわれたら、すぐに知らせてくれるようにいってある。」

「そうか……。」

とつぶやいてから、悟空《ごくう》はいった。

「翠蘭《すいらん》のふたりの姉というのがどういう女なのか、ちょっと見てみたいんだが、ふたりの嫁入《よめい》りさきにおれを案内《あんない》してくれないか。」

「いいけど、どうして会いたいんだ。」

「ちょっと気になることがあるのさ。」

悟空《ごくう》はそういうと、立ちあがって、庭に出た。そして、体をひとゆすりして、とんぼ返りをうった。

次の瞬間《しゅんかん》、悟空《ごくう》は觔斗雲《きんとうん》に乗っていた。

「まず、長女のほうから見にいこう。」

悟空《ごくう》がそういうと、あとから出てきた八戒《はっかい》が答える。

「じゃあ、東だ。」

悟空《ごくう》は空に舞《ま》いあがり、方角を東にさだめた。風に乗って、八戒《はっかい》もあがってきた。

「ほら、あの村だ。」

八戒《はっかい》が指さすほうを見れば、たしかに村らしいものが見える。

八戒《はっかい》は、

「おれが先にいくから、ついてきてくれ。兄貴《あにき》の觔斗雲《きんとうん》がさきじゃあ、追いつけないしな。」

といって、東の村をめざして飛《と》んでいく。

八戒《はっかい》が飛《と》ぶと、なにしろ風に乗っているのだから、びゅうびゅう、びゅうびゅう、やかましいし、そのうえ、どういうわけか火の粉《こ》をまきちらす。うしろから飛《と》んでいくのは、あまり気持ちのいいものではない。そこで、悟空《ごくう》はいくらかはなれて、ななめうしろを飛《と》ぶことにした。

となりの村にはすぐについた。

空の上から見ても、いちばんりっぱだとわかる屋敷《やしき》の中庭に八戒《はっかい》はおりたった。つづいて悟空《ごくう》も中庭におりる。すると、八戒《はっかい》が中庭に面した近くの廊下《ろうか》を指さし、

「あそこにいるのが翠蘭《すいらん》の姉《ねえ》さんだ。」

といった。

翠蘭《すいらん》の姉だという女は悟空《ごくう》と八戒《はっかい》には気づかないようで、こちらに横顔を見せている。

悟空《ごくう》は、

「なるほど……。」

とうなずくと、すぐとんぼ返りをうって、觔斗雲《きんとうん》を起こした。

たちまち空高くあがっていった悟空《ごくう》を八戒《はっかい》が風に乗って追ってくる。

悟空《ごくう》に追いつくと、八戒《はっかい》がいった。

「兄貴《あにき》。翠蘭《すいらん》の姉《ねえ》さんに会って、話をしなくていいのか。」

「べつに話さなくてもいい。」

悟空《ごくう》はそう答えてから、いった。

「念《ねん》のため、もうひとりの姉も見ていくか。」

八戒《はっかい》はいぶかしそうな顔をしながらも、うなずくと、

「じゃあ、こっちだ。」

といって、西をめざして飛《と》んでいった。

翠蘭《すいらん》のもうひとりの姉のとつぎさきも、いかにも裕福《ゆうふく》そうな家だった。

屋敷《やしき》の上までくると、八戒《はっかい》は庭を指さして、いった。

「ほら、あそこ。井戸《いど》があるだろ。召使《めしつか》いがふたり、水をくんでいるじゃないか。そのそばで、あれこれさしずをしているのが翠蘭《すいらん》の姉《ねえ》さんだ。」

「わかった。八戒《はっかい》はここで待っていてくれ。」

悟空《ごくう》はそういうと、庭に急降下《きゅうこうか》し、一本の太い松《まつ》の木の上で觔斗雲《きんとうん》を止めた。

そこからだと、井戸《いど》がよく見えた。

「あと二はい、台所にはこびなさい。」

悟空《ごくう》は松《まつ》の枝《えだ》のあいだから、ふたりの召使《めしつか》いにさしずをしている女のようすをのぞくと、すぐに八戒《はっかい》のところにもどっていった。

「さあ、高太公《こうたいこう》の屋敷《やしき》にもどろう。」

悟空《ごくう》は八戒《はっかい》にそういうと、今度は八戒《はっかい》の前を飛《と》んで、高老荘《こうろうそう》にもどった。そして、広間のいすにすわって、考えた。

やはり奇妙《きみょう》だ。十数年前、ここにきたとき、翠蘭《すいらん》ははたちくらいだった。翠蘭《すいらん》のふたりの姉はそれぞれ、翠蘭《すいらん》よりも六つ年上《としうえ》と、三つ年上《としうえ》だ。だとすれば、上の姉は四十歳《さい》くらいで、下の姉はそれよりも三つ下ということになる。ふたりとも、年相応《としそうおう》の姿《すがた》をしていた。とくに若《わか》く見えるということもなければ、年《とし》とって見えるということもなかった。ふたりとも、自然《しぜん》に年《とし》をとっていったのだ。それなのに、この屋敷《やしき》の三人、翠蘭《すいらん》の両親と高才《こうさい》はまるで年《とし》をとっていないようではないか。翠蘭《すいらん》もはたちくらいに見えるという。

悟空《ごくう》は八戒《はっかい》にきいてみた。

「翠蘭《すいらん》の世話をしている明鈴《めいりん》っていう小間使いだけど、あの女はいくつだ。」

八戒《はっかい》は答えた。

「さあ、十八とかいっていたような気がするが……。」

見たところ、明鈴《めいりん》は十八くらいだ。三十歳《さい》だというなら、年《とし》よりもずっと若《わか》く見えるが、十八ならば、年相応《としそうおう》の外見だ。

「あの女はいつから、この屋敷《やしき》で働いているのだ。」

悟空《ごくう》がたずねると、八戒《はっかい》はいくらか首をかしげて答えた。

「さあ、三年くらいまえからじゃないか。」

悟空《ごくう》はいった。

「八戒《はっかい》。高才《こうさい》や明鈴《めいりん》のほかにも、使用人はたくさんいるんだろ。」

八戒《はっかい》は答えた。

「ああ。たくさんいる。」

「どれくらいいるんだ。」

「五十人くらいかな。」

「同じくらいの年《とし》じゃないのを十人ほど見つくろって、ここにつれてきてくれないか。」

「わかったけど、いったいどうする気だ。」

「ちょっとききたいことがあるだけだ。」

「わかった。すぐにつれてくる。」

といって、八戒《はっかい》が広間から出ていこうとしたところを悟空《ごくう》は呼《よ》びとめた。

「八戒《はっかい》。それからな、さっきも高太公《こうたいこう》にいったが、みなにおれを闘戦勝仏《とうせんしょうぶつ》と呼《よ》ばせるな。おれはまだ闘戦勝仏《とうせんしょうぶつ》ではないし、金輪際《こんりんざい》そういう者になることはないからな。」

悟空《ごくう》の言葉に、八戒《はっかい》は、

「わかったよ。」

とうなずき、広間を出ていった。

やがて、老若男女《ろうにゃくなんにょ》、とりあわせて十人ほどの使用人をつれて、八戒《はっかい》は広間にもどってきた。

悟空《ごくう》はひとりひとりにたずねた。

「名は？」

「張羽《ちょうう》ともうします。大聖様《たいせいさま》。」

「年《とし》は？」

「五十八でございます。」

「この屋敷《やしき》で働くようになって、どれくらいだ。」

「はい。十八のときからですから、四十年になります。以前、大聖様《たいせいさま》がここにおいでになったとき、お顔を拝見《はいけん》しております。」

「そうだったか。では、さがっていいぞ。」

そのようにして、悟空《ごくう》が問い、あいてが答えるというふうに、八戒《はっかい》がつれてきた十人ほどの使用人とやりとりをして、悟空《ごくう》はわかった。

年《とし》よりも十ほどか、またはそれ以上若《わか》く見える者と、年相応《としそうおう》に見える者がいる。年《とし》よりも若《わか》く見える者は、八戒《はっかい》が天竺《てんじく》に旅だつまえからこの屋敷《やしき》にいた使用人で、年相《としそう》応《おう》に見える者は、それ以後にやとわれた者たちなのだ。

一瞬《いっしゅん》、悟空《ごくう》はそれについて八戒《はっかい》が何か知っているかたずねてみようかと思ったが、やめておいた。

もしも、だれか妖怪《ようかい》に八戒《はっかい》までとりこまれているとすれば、八戒《はっかい》がいうことはあてにならない。

しかし……、と悟空《ごくう》は思った。

もし、八戒《はっかい》まで妖怪《ようかい》にとりこまれているとすれば、なぜ、その妖怪《ようかい》はわざわざ八戒《はっかい》を使って、おれをここに呼《よ》んでこさせたのだろうか。だれか、おれにうらみがある妖《よう》怪《かい》だろうか。天竺《てんじく》への旅で、ずいぶん妖怪《ようかい》を殺《ころ》した。その妖怪《ようかい》の親類縁者《しんるいえんじゃ》にうらまれていることもあるだろう。もし、妖怪《ようかい》の目あてがおれならば、翠蘭《すいらん》は無事《ぶじ》だろう。もっとも、そいつが八戒《はっかい》にも仕返しをしようと考えているなら、翠蘭《すいらん》が無事《ぶじ》かどうかわからない。

悟空《ごくう》がそんなことを考えていると、八戒《はっかい》が悟空《ごくう》にいった。

「よう、兄貴《あにき》。なんだって、使用人たちに年《とし》をきいたりしたんだ。」

「ちょっと考えがあって、きいてみたんだ。」

悟空《ごくう》がそういうと、八戒《はっかい》は、

「そうか。べつにいいけどな。それより、腹《はら》がへった。何か食わないか。」

といって、腹《はら》をさすった。

「夕飯《ゆうめし》はまだ早い。それより、おまえ。女房《にょうぼう》がいなくなったっていうのに、ずいぶんのんきだな。」

「のんきにしてるわけじゃないが、兄貴《あにき》がきてくれたんだから、すぐに翠蘭《すいらん》は見つかるだろ。夕飯《ゆうめし》まえに、おやつはどうだ。」

「さっきの桃《もも》がまだ残《のこ》っているだろ。」

といって、悟空《ごくう》が机《つくえ》の上の桃《もも》を指さすと、八戒《はっかい》は、

「桃《もも》じゃあ、腹《はら》のたしにならないから、おれは何か食ってくる。」

といって、広間を出ていってしまった。

◆三◆

托《たく》塔《とう》李《り》天王《てんのう》

そのようなことだと思い、すでに帝《みかど》に出陣《しゅつじん》の許《ゆる》しを得《え》てまいりました。兵《へい》は一万ほどでよろしいでしょうか。

猪八戒《ちょはっかい》が出ていってしまい、広間でひとりきりになったとき、孫悟空《そんごくう》はふと思った。

翠蘭《すいらん》がいなくなった朝すでに、たとえばまえの晩《ばん》から、八戒《はっかい》と翠蘭《すいらん》の寝室《しんしつ》に妖怪《ようかい》がひそんでいて、八戒《はっかい》が朝、外に出た直後、妖怪《ようかい》が翠蘭《すいらん》をおそって、食べてしまった、ということはないだろうか。食ってしまってから、たとえば小さな虫に化身する。それで、翠蘭《すいらん》の声を聞いて、八戒《はっかい》が扉《とびら》を開けた瞬間《しゅんかん》をねらって、外に出ていったということはないだろうか。いや、その妖怪《ようかい》がもっと大物で、究極《きゅうきょく》の変身といわれている〈空《くう》〉への変身、隠身《かくれみ》の術《じゅつ》を使ったとすれば、八戒《はっかい》とすれちがいざまに外に出ても、八戒《はっかい》はまったく気づかないだろう。

だが、なまじの妖怪《ようかい》では、隠身《かくれみ》の術《じゅつ》など使えない。

悟空《ごくう》は生涯《しょうがい》、勝負に負けたことは二度しかない。そのうちの一度はあいてが釈迦如来《しゃかにょらい》で、もう一度は二郎真君《じろうしんくん》があいてだった。二郎真君《じろうしんくん》と戦ったとき、悟空《ごくう》は隠身《かくれみ》の術《じゅつ》で空《くう》に化身したのだが、そこを空《そら》から托塔李天王《たくとうりてんのう》に照魔鏡《しょうまきょう》で照《て》らされ、見つかってしまったのだ。

空《くう》に化身した者を見つけるためには、托塔李天王《たくとうりてんのう》の持っている照魔鏡《しょうまきょう》で光をあてないかぎり、姿《すがた》は見えない。

しかし……、と悟空《ごくう》は思った。

究極《きゅうきょく》の化身という隠身《かくれみ》の術《じゅつ》を身につけた者が人間の肉など食うだろうか。しかも、たとえば、食べれば不死になるという玄奘三蔵《げんじょうさんぞう》の肉ならばともかく、翠蘭《すいらん》を食って、どういう意味があるのだろう。

「わからんなあ……。」

悟空《ごくう》はひとりごとをいって、足をくみ、机《つくえ》に右ひじをついた。そして、なんとなくひとさし指をこめかみにあてた。

そのとき、ふと悟空《ごくう》は思った。

南海竜王敖欽《なんかいりゅうおうごうきん》のところの職人《しょくにん》が作ったというにせ物の緊箍《きんこ》を持ってきて、八戒《はっかい》をびっくりさせてやればよかったな……。

悟空《ごくう》は庭に出ると、觔斗雲《きんとうん》を起こし、たちまち空にまいあがった。そして、いっきに花果山《かかざん》の水簾洞《すいれんどう》のまえにもどると、たまたまそこにいた崩将軍《ほうしょうぐん》に、觔斗雲《きんとうん》に乗ったまま、声をかけた。

「おい、崩将軍《ほうしょうぐん》。おまえ、流元帥《りゅうげんすい》にあずけてあるおれのにせ緊箍《きんこ》を持ってこい。」

「かしこまりました、大聖様《たいせいさま》。」

崩将軍《ほうしょうぐん》はそういうと、水にとびこんだ。すぐに、崩将軍《ほうしょうぐん》が流元帥《りゅうげんすい》をつれて、もどってきた。

悟空《ごくう》は、流元帥《りゅうげんすい》がささげもっているにせ緊箍《きんこ》をつかむと、ふたたび空にあがった。

空高くまでいって、悟空《ごくう》はにせ緊箍《きんこ》を頭にはめた。

そのとき、さっき高太公《こうたいこう》の屋敷《やしき》の広間で考えたことがふたたび頭をよぎった。

隠身《かくれみ》の術《じゅつ》か……。一度、あのあたりを照魔鏡《しょうまきょう》で照らしてみるか……。

悟空《ごくう》はぐっと腰《こし》をおとし、さらに高みをめざして、觔斗雲《きんとうん》を急上昇《きゅうじょうしょう》させた。

やがて天界《てんかい》が見えてくる。

天界《てんかい》の東西南北の門を守る四天王《してんのう》のうち、なぜか悟空《ごくう》は西門の広目天王《こうもくてんのう》がいちばん話をしやすい。だが、照魔鏡《しょうまきょう》を持っているのは北門を守る托塔李天王《たくとうりてんのう》だ。広目天王《こうもくてんのう》に会って、托塔李天王《たくとうりてんのう》から照魔鏡《しょうまきょう》を借りてこさせるのが気楽でいいが、そうすれば、貸《か》すの貸《か》さないのでもめるかもしれないし、そうなればどの道、托塔李天《たくとうりてん》王《のう》に会わなければならない。それなら、はなから北門にいって、托塔李天王《たくとうりてんのう》と話をしたほうが早い。

悟空《ごくう》はそう思って、北門にむかった。

北門には門番の天兵《てんぺい》が門の左右にふたりずつならんでいた。

悟空《ごくう》は北門のまんまえに觔斗雲《きんとうん》をとめ、天兵《てんぺい》たちに、

「おい。おまえらの親方の箱庭野郎《やろう》を呼《よ》んでこい！」

と声をかけようとして、思いとどまった。

托塔李天王《たくとうりてんのう》は手に宝塔《ほうとう》を持っている。その宝塔《ほうとう》が箱庭の塔《とう》のようなので、悟空《ごくう》は托《たく》塔李天王《とうりてんのう》を呼《よ》ぶとき、ばかにして箱庭野郎《やろう》などというのだ。

しかし、照魔鏡《しょうまきょう》を借りにきて、そういういいかたもどうかと思い、

「おい。托塔李天王《たくとうりてんのう》を呼《よ》んでこい。」

といった。

だいたい、天の門にやってくると、天兵《てんぺい》たちは、おびえながらも槍《やり》をむけてきたりするのだが、そのとき、北門の四人の天兵《てんぺい》たちは槍《やり》を手にしたまま、深々と頭をさげた。そして、そろって顔をあげると、門のすぐ右にいた天兵《てんぺい》がいった。

「これは闘戦勝仏様《とうせんしょうぶつさま》。どうぞお入りください。主人のところにご案内させていただきます。」

今までそういうあつかいをうけたことがないので、悟空《ごくう》はめんくらって、いった。

「いや。中に入るほどのことではないのだ。托塔李天王《たくとうりてんのう》にちょっとたのみがあって、やってきただけだから、あいつを呼《よ》んできてくれるだけでいい。」

「かしこまりました。」

と頭をさげ、門のすぐ左にいた天兵《てんぺい》が中に入っていこうとしたところを悟空《ごくう》は呼《よ》びとめた。

「待て。どうせいくなら、二度でまにならないように、あいつに、照魔鏡《しょうまきょう》を持ってくるようにいってくれ。」

「はっ！」

とふたたび頭をさげ、天兵《てんぺい》が門の中にかけこんだ。

どうせ、もったいぶってなかなか出てきはしないだろう。それなら、そこにいる三人の天兵《てんぺい》をからかってやろうと思い、

「おい。おまえたち、せっかくだから、稽古《けいこ》をつけてやろうか。三人いっぺんにかかって……。」

とそこまでいったとき、さきほどの天兵《てんぺい》をしたがえ、托塔李天王《たくとうりてんのう》が走って北門から出てきた。すでに、手には照魔鏡《しょうまきょう》を持っている。

「闘戦勝仏様《とうせんしょうぶつさま》。照魔鏡《しょうまきょう》をとのことですので、お持ちいたしました。」

托塔李天王《たくとうりてんのう》にそういわれ、悟空《ごくう》はおもわずその顔をしみじみと見てしまった。

ふだんの托塔李天王《たくとうりてんのう》なら、

「なんだ、大聖《たいせい》。用か？」

などというのがふつうだ。

「いや……。」

とつぶやいてから、悟空《ごくう》はいった。

「じつは、その照魔鏡《しょうまきょう》を借りたいのだが……。」

「どこぞにひそんでいる妖怪《ようかい》を見つけようというお考えでしょうか。」

みょうにていねいな言葉づかいで托塔李天王《たくとうりてんのう》にたずねられ、

「まあ、そうだ。」

と悟空《ごくう》がうなずくと、托塔李天王《たくとうりてんのう》はあたりまえのようにいった。

「そのようなことだと思い、すでに帝《みかど》に出陣《しゅつじん》の許《ゆる》しを得てまいりました。兵は一万ほどでよろしいでしょうか。」

ずいぶんとてまわしがいい。

悟空《ごくう》は右手をまえに出し、托塔李天王《たくとうりてんのう》をおしとどめるようにして、いった。

「いや、べつに出陣《しゅつじん》というほどのことはしなくてもいいんだ。少しのあいだ、照魔鏡《しょうまきょう》を貸《か》してもらうだけでいい。」

「承知《しょうち》いたしました。ですが、いったい何が起こったのです。」

照魔鏡《しょうまきょう》を借りるのだから、わけくらい話してもいいだろう。

悟空《ごくう》はそう思い、

「じつは、翠蘭《すいらん》という八戒《はっかい》の女房《にょうぼう》がいなくなってな。妖怪《ようかい》につれさられたのではないかと思うのだ。だが、翠蘭《すいらん》も妖怪《ようかい》も見つからず、いなくなったあたりには妖気《ようき》さえただよっていない。ひょっとすると、隠身《かくれみ》の術《じゅつ》を使って、どこかにひそんでいるのではないかと思って、照魔鏡《しょうまきょう》を借りにきたってわけだ。」

といった。

悟空《ごくう》は、托塔李天王《たくとうりてんのう》が、

「なんだ、そんなことに使うのか。」

というだろうと思ったが、托塔李天王《たくとうりてんのう》はそうはいわなかった。そのかわり、いかにも驚《おどろ》いた顔をして、

「なんと、浄壇使者様《じょうだんししゃさま》の奥方《おくがた》がいなくなられたとは！」

というなり、そばの天兵《てんぺい》に命じた。

「一万ではたりぬ。すぐ出陣《しゅつじん》する兵をふやしてまいれ！」

「ま、待て。托塔李天王《たくとうりてんのう》。そんな大仰《おおぎょう》なことではない。だいたい、一万もの天兵《てんぺい》でおしかけてみろ。八戒《はっかい》がいる村は大さわぎになるではないか。そればかりか、まだそのあたりにひそんでいるかもしれぬ妖怪《ようかい》が逃《に》げてしまう。」

悟空《ごくう》がそういうと、托塔李天王《たくとうりてんのう》は、なるほどという顔をして、いった。

「それではまず、照魔鏡《しょうまきょう》を持って、わたしだけ闘戦勝仏様《とうせんしょうぶつさま》にごいっしょさせていただきましょう。それで、妖怪《ようかい》を見つけたら、すぐに天兵を出陣《しゅつじん》させます。いや、それな

ら、伝令用にひとりだけ天兵《てんぺい》をつれていったほうがいいでしょう。それでいかがでしょうか。」

「わかった。そうしてくれ。てまをかけて、すまないな。」

悟空《ごくう》はそういってしまってから、なんだか自分らしくないような気がした。だいたい、いつもとあつかいがちがうから、こっちもおかしなことになってくるのだ。

悟空《ごくう》はそう思いながら、觔斗雲《きんとうん》を半回転させ、高老荘《こうろうそう》にむかって、急降下《きゅうこうか》していった。

ほとんど真下をむくようなかっこうで、顔に風をうけながら、悟空《ごくう》は思った。なる予定のない闘戦勝仏《とうせんしょうぶつ》と呼《よ》ばれるのは愉快《ゆかい》ではないが、まえより便利《べんり》になったのはたしかだ。天界《てんかい》のやつらに会うたびに、闘戦勝仏《とうせんしょうぶつ》ではなく、大聖《たいせい》と呼《よ》べというのもめんどうだし、呼《よ》びたいように呼《よ》ばせておくか……。

高太公《こうたいこう》の屋敷《やしき》の庭にすとんとおりると、いくらか遅《おく》れて、照魔鏡《しょうまきょう》を持った托塔李天《たくとうりてん》王《のう》と天兵《てんぺい》がひとり、雲からおりてきた。

その雲がすうっと消えてから、托塔李天王《たくとうりてんのう》は、

「村をくまなく照魔鏡《しょうまきょう》で照らし、妖怪《ようかい》をさがしましょう。まず、てはじめにこの屋敷《やしき》から探索《たんさく》いたします。」

といって、天兵をつれて、屋敷《やしき》の中にずかずかと入っていこうとして、ふりむいた。

「闘戦勝仏様《とうせんしょうぶつさま》。どうしても気になることがございますので、おたずねしたいのですが、よろしいでしょうか。」

「なんだ？」

悟空《ごくう》がそういうと、托塔李天王《たくとうりてんのう》はいかにもいいにくそうに、

「じつはその、闘戦勝仏様《とうせんしょうぶつさま》のおつむりの輪でございますが、それはいったい……。」

といった。

悟空《ごくう》の緊箍《きんこ》が天竺《てんじく》ではずされたことはすでに天界《てんかい》でも知れわたっているのだろう。はずされたはずの緊箍《きんこ》が悟空《ごくう》の頭にあるので、托塔李天王《たくとうりてんのう》はいぶかしく思ったにちがいない。

悟空《ごくう》は頭のにせ緊箍《きんこ》に手をやって、答えた。

「あ、これか。これは南海竜王敖欽《なんかいりゅうおうごうきん》のところの職人《しょくにん》が作ったにせ緊箍《きんこ》だ。」

「ああ、さようでございますか……。」

といったものの、托塔李天王《たくとうりてんのう》は納得《なっとく》したようすもなく、首をかしげ、

「にせ物ねえ……。」

といいながら、屋敷《やしき》の中に入っていった。

四

東海竜王敖広《とうかいりゅうおうごうこう》

それで、大聖様《たいせいさま》。大聖様《たいせいさま》は、ひょっとして竜《りゅう》が浄壇使者様《じょうだんししゃさま》の奥方《おくがた》をのんでしまったのではと、そうお疑《うたが》いなのではないですか。

托塔李天王《たくとうりてんのう》は高太公《こうたいこう》の屋敷《やしき》からはじめ、空から周囲十里を照魔鏡《しょうまきょう》で照《て》らし、怪《あや》しいものをさがしたが、けっきょく何ひとつ見つけることはできず、

「闘戦勝仏様《とうせんしょうぶつさま》。残念ながら、このあたりには、照魔鏡《しょうまきょう》の光にうつしだされるものはございませんでした。」

といって、天界《てんかい》に帰っていった。

翠蘭《すいらん》さがしはふりだしにもどってしまった。

托塔李天王《たくとうりてんのう》が帰ったのとほとんどいれちがいに、猪八戒《ちょはっかい》がでっぱった腹《はら》をさすりながら、広間にもどってきた。

「兄貴《あにき》。何かわかったかい。」

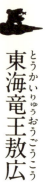

他力本願《たりきほんがん》というか、すっかり人まかせで、間食などをしている八戒《はっかい》に、孫悟空《そんごくう》は少し腹《はら》が立った。

「何もわからん。もし翠蘭《すいらん》自身が妖怪《ようかい》でないとすれば、その朝、おまえが部屋《へや》の外で中庭を見ていて、翠蘭《すいらん》が叫《さけ》び声《ごえ》をあげたときっていうのは、妖怪《ようかい》が翠蘭《すいらん》を食ったときなんじゃないか。これだけさがして、見つからないんだからな。」

悟空《ごくう》がそういうと、八戒《はっかい》は悟空《ごくう》にくってかかった。

「これだけさがしてって、おれがおやつを食っているあいだ、兄貴《あにき》は何をしていたんだ。翠蘭《すいらん》をさがしてくれていたのかよ。」

悟空《ごくう》はいいかえした。

「おまえ。自分だけ、何か食っていて、『兄貴《あにき》は何をしていたんだ。』はないだろうが。」

「自分だけって、兄貴《あにき》のこともさそったぜ。だいたい、よく、そうやって、『これだけさがして、見つからないんだからな。』なんて、ふんぞりかえっていられるもんだ。もし、いなくなったのが翠蘭《すいらん》じゃなくて、お師匠様《ししょうさま》でも、兄貴《あにき》はそうやって、『妖怪《ようかい》がお師匠様《ししょうさま》を食ったときなんじゃないか。』って、のんきにかまえていられるのかよ。」

「何をいってるんだ、おまえ。べつにおれはのんきにかまえてるわけじゃない。おまえが何かを食いにいっているあいだだって、ここでじっとしていたわけじゃない。」

「じっとしていたわけじゃない？　じゃあ、何をしていたんだ。」

「いきたくもない天界《てんかい》に出かけていって、たのみたくもない托塔李天王《たくとうりてんのう》にたのんで、照魔鏡《しょうまきょう》でこのあたりをさがしてもらっていたんだ。まあ、結果《けっか》は、無駄《むだ》におわったがな。」

悟空《ごくう》がそういうと、八戒《はっかい》は驚《おどろ》いたように目を見ひらいた。

「えっ？　托塔李天王《たくとうりてんのう》がきただって？　どこにいるんだ。」

「何も見つけられずに、もう帰った。」

「何も見つけられずに……？」

「ああ。何も見つけられずに。」

「そうか……。」

八戒《はっかい》はうつむくと、だまりこんでしまった。そして、しばらくすると顔をあげ、悟《ご》空《くう》を見ていった。

「それじゃあ、ひょっとすると翠蘭《すいらん》は、兄貴《あにき》がいうとおり、妖怪《ようかい》に食われちまって、もうこの世にはいないのかな……。」

悟空《ごくう》はついさっき、

「翠蘭《すいらん》が叫《さけ》び声をあげたときっていうのは、妖怪《ようかい》が翠蘭《すいらん》を食ったときなんじゃないか。」

といったくせに、今度はなぐさめるようなことをいった。

「まあ、そんながっかりした顔をするな。まだはっきりそうときまったわけじゃないしな。」

悟空《ごくう》自身、妖怪《ようかい》が翠蘭《すいらん》を食ってしまったとはあまり思えなかった。

翠蘭《すいらん》が叫《さけ》び声《ごえ》と同時に食われてしまったのなら、よほどその妖怪《ようかい》は大きなやつだ。

悟空《ごくう》はたしかめるように、八戒《はっかい》にたずねた。

「翠蘭《すいらん》がいなくなったとき、部屋《へや》に何か残っていなかったか？　たとえば、翠蘭《すいらん》が着ていた着物のきれはしとか。」

八戒《はっかい》は首をふった。

「何もなかった。兄貴《あにき》が何を考えているか、だいたいわかるが、血のひとしずく、指の一本残《のこ》ってなかった。」

「そうか……。」

悟空《ごくう》は小さくうなずいて、考えた。

だとすれば、そして、妖怪《ようかい》が翠蘭《すいらん》を食ったとすれば、それは、食ったというより、のみこんだということだろう。人間ひとりのみこんでしまうようなやつがいるとすれば、思いつくのは竜《りゅう》だ。

悟空《ごくう》は八戒《はっかい》にいった。

「ちょっと出かけてくる。」

「どこにいくんだ。まさか、このまま花果山《かかざん》に帰っちまって、もどってこない気なんじゃないだろうな。」

八戒《はっかい》の不安そうな顔に、悟空《ごくう》は、

「なあ、八戒《はっかい》。もうもどってこない気なら、そういうぜ。」

といいのこし、中庭に出た。そして、体をひとゆすりして、とんぼ返りをうち、觔斗《きんと》雲《うん》を起こした。

觔斗雲《きんとうん》に乗って、あっというまに花果山《かかざん》の水簾洞《すいれんどう》にもどった悟空《ごくう》は、あたりに遊んでいる猿《さる》たちには目もくれず、橋で印《いん》をむすび、水にとびこんだ。

水簾洞《すいれんどう》の水と東海の竜宮《りゅうぐう》はつながっている。

たちまち竜宮《りゅうぐう》についた悟空《ごくう》は、勝手知ったる他人の家という言葉そのままに、門の中にずかずかと入っていく。番兵《ばんぺい》のほうも、それをとめようともしない。

庭をぬけ、屋敷《やしき》に入ると、うまいぐあいに東海竜王敖広《とうかいりゅうおうごうこう》が魚顔の女官《にょかん》をふたりしたがえて、庭に出てくるところだった。

「おう、東海竜王《とうかいりゅうおう》。おまえにちょっとききたいことがあるんだが、出かけるところか？」

悟空《ごくう》が声をかけると、東海竜王敖広《とうかいりゅうおうごうこう》は悟空《ごくう》の頭のにせ緊箍《きんこ》にちらりと目をやった。だが、そのことにはふれずに、いった。

「いえ。そのあたりをちょっと見まわってこようと思っただけですから、これという用があるわけではありません。それより、なんです？　ききたいことというのは。」

「じつはな……。」

悟空《ごくう》が話しだそうとすると、東海竜王敖広《とうかいりゅうおうごうこう》は、

「まあ、まあ。まずは中にお入りください。茶でもいかがです。」

といって、そばにいた女官《にょかん》に命じた。

「闘戦勝《とうせんしょう》……、いや、斉天大聖様《せいてんたいせいさま》がおいでだ。すぐに茶のしたくをしろ。」

「いや、敖広《ごうこう》。茶はまた今度にする。ここでいい。少しききたいことがあるだけだからな。」

と悟空《ごくう》はいうと、八戒《はっかい》の女房《にょうぼう》の翠蘭《すいらん》がいなくなったしだいをすべて話し、托塔李天王《たくとうりてんのう》の照魔鏡《しょうまきょう》でも妖怪《ようかい》は見つからなかったということもいった。

ひととおり話を聞きおわると、東海竜王敖広《とうかいりゅうおうごうこう》は、

「ははあん……。」

とうなずいてから、いった。

「それで、大聖様《たいせいさま》。大聖様《たいせいさま》は、ひょっとして竜《りゅう》が浄壇使者様《じょうだんししゃさま》の奥方《おくがた》をのんでしまったのではと、そうお疑《うたが》いなのではないですか。」

浄壇使者《じょうだんししゃ》というのは釈迦如来《しゃかにょらい》が八戒《はっかい》にあたえた位で、悟空《ごくう》としては自分が闘戦勝仏《とうせんしょうぶつ》と呼《よ》ばれるのは気にいらないが、東海竜王敖広《とうかいりゅうおうごうこう》が八戒《はっかい》をどう呼《よ》ぼうが、それは東海竜《とうかいりゅう》王敖広《おうごうこう》の勝手だ。

「いや、疑《うたが》っているということもないが、もし、翠蘭《すいらん》をひとのみにできる者がいると

すれば、それはまあ、竜《りゅう》くらいではないかと、そんなふうに思ってな。」

悟空《ごくう》がいいにくそうにそう答えると、東海竜王敖広《とうかいりゅうおうごうこう》は声をあげて笑《わら》ってから、いった。

「竜《りゅう》の眷族《けんぞく》には、そのような者はおりません。わたくしが保証《ほしょう》します。考えてもごらんなさい、大聖様《たいせいさま》。このあいだも申しあげましたが、わたくしども竜《りゅう》の一族は天界の四天王《してんのう》のうちのおひとかた、広目天王様《こうもくてんのうさま》と深いつながりがあるのです。それで、もし、かりに、竜《りゅう》のだれかが浄壇使者様《じょうだんししゃさま》の奥方《おくがた》をのみこんでしまったとしましょう。それで、そのことが露見《ろけん》したら、どうなりますか。天界《てんかい》は西方天竺《てんじく》とは深いつながりがあり、浄壇使者様《じょうだんししゃさま》は西方天竺《てんじく》、大雷音寺《だいらいいんじ》におわします釈迦如来様《しゃかにょらいさま》のお弟子様《でしさま》であるばかりか、大聖様《たいせいさま》の弟弟子《おとうとでし》になるわけで、しかも、わたくしが大聖様《たいせいさま》と懇意《こんい》にさせていただいておりますのは、東西南北、どこの竜宮《りゅうぐう》でも知らぬ者はございません。」

そこまでいうと、東海竜王敖広《とうかいりゅうおうごうこう》はまた悟空《ごくう》の頭のにせ緊箍《きんこ》にちらりと目をやった。

東海竜王敖広《とうかいりゅうおうごうこう》は、

「そのにせ緊箍《きんこ》にしても、南海竜王敖欽《なんかいりゅうおうごうきん》のところの職人《しょくにん》が作ったくらいではないですか。」

といいたいのだろう。

だが、東海竜王敖広《とうかいりゅうおうごうこう》はそんなことは口にせず、それは目で語るだけにしておいて、話をつづけた。

「まあ、どうしても人間を食いたくなってしまう不埒《ふらち》な竜《りゅう》がいたとしてもですな、そいつがよりによって、浄壇使者様《じょうだんししゃさま》の奥方《おくがた》をわざわざ食いにいくとは思えませんな。あとさきをちょっと考えれば、そんなことをすれば、どういうことになるかわかります。どこぞの川に、たまたま奥方様《おくがたさま》が近寄《ちかよ》って、そのとき偶然《ぐうぜん》川から竜《りゅう》があらわれ、そこにいるのが浄壇使者様《じょうだんししゃさま》の奥方《おくがた》とは知らずに、のみこんでしまったということなら、まったくありえないとは申せません。ですが、奥方様《おくがたさま》が消えられたのは、お屋敷《やしき》の中なのでございましょう？　だとすれば、竜《りゅう》がそこまで出かけていって、しかも、浄壇《じょうだん》使者様《ししゃさま》の奥方《おくがた》と知って、食ってしまったということになります。まあ、そんなことは考えられません。」

「そうだよなあ。」

悟空《ごくう》がうなずくと、東海竜王敖広《とうかいりゅうおうごうこう》はさらにこういった。

「しかもですよ。こう申してはなんですが、たとえばどこぞの高僧《こうそう》の肉のように、それを食べれば不老不死《ふろうふし》になるというような肉ならいざ知らず、そんないなか屋敷《やしき》の女《にょう》房《ぼう》の肉など、あ、いや、べつにいなかをばかにしているわけではなく、とにかく、食ったところで、空腹《くうふく》がほんの少しおさまるだけで、ほかにはなんの役にも立たないような人間の肉を食って、それで、釈迦如来様《しゃかにょらいさま》を敵《てき》にまわし、大聖様《たいせいさま》に追《お》いかけまわされて、八《や》つ裂《ざ》きにされるなんて、そんな割《わり》に合わないことをするほど、竜《りゅう》はおろかではありません。」

どこぞの高僧《こうそう》というのは玄奘三蔵《げんじょうさんぞう》のことだ。

「たしかに、そうだろう。」

悟空《ごくう》はふたたび、しかも、今度はさっきより大きくうなずいた。そして、

「わかったよ。おまえの一族を疑《うたが》うようなことをいって、悪かった。それじゃあ、敖《ごう》広《こう》、じゃましたな。今度はゆっくり話をしにきて、茶もごちそうになる。」

といって、東海《とうかい》の竜宮《りゅうぐう》をあとにしたのだった。

でも、まさか寝台《しんだい》の下に髪《かみ》かざりがあるなんて、だれも思わねえよ。どうやって、そんなところに入ったのかな。

五 髪《かみ》かざり

廊下《ろうか》に面した窓《まど》から、猪八戒《ちょはっかい》と翠蘭《すいらん》の寝室《しんしつ》に夕日がさしこんでいる。

組んだ両手に頭をのせ、その寝台《しんだい》に孫悟空《そんごくう》はさっきからあおむけになって寝《ね》ている。立てた左足のひざに、右足首をのせ、その足首の関節《かんせつ》をときどきぐりぐりまわしてみる。靴《くつ》ははいたままだ。

悟空《ごくう》は目をつぶっているが、眠《ねむ》っているわけではない。考えている。

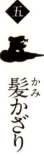

高老荘《こうろうそう》の高太公《こうたいこう》の屋敷《やしき》にきてから、まだ半日もたっていないのに、ずいぶん時間がたったように思えてならない。

托塔李天王《たくとうりてんのう》の照魔鏡《しょうまきょう》でも、妖怪《ようかい》は発見できず、ひょっとして、どこかの竜《りゅう》が翠蘭《すいらん》をのみこんだのかもしれないと、東海竜王敖広《とうかいりゅうおうごうこう》のところにききにいってみたが、やはりそういうこともないようだ。

寝台《しんだい》の近くのいすにすわっている八戒《はっかい》がつぶやいた。

「このまま翠蘭《すいらん》が見つからなかったら、どうしたらいいんだ、兄貴《あにき》。」

悟空《ごくう》は目をつぶったまま答えた。

「まあ、翠蘭《すいらん》がいないなら、婿《むこ》のおまえがここにいてもしょうがない。おれには花果《かか》山《ざん》があるが、おまえは行く場所がないからな。いっそ、お師匠様《ししょうさま》のところにでもいったらどうだ。悟浄《ごじょう》もいるし。」

「えっ？　悟浄《ごじょう》のやつ、まだお師匠様《ししょうさま》のところにいるのか。長安《ちょうあん》でわかれるとき、しばらくはいるっていってたが、でも、なんで兄貴《あにき》は悟浄《ごじょう》がお師匠様《ししょうさま》のところにまだいるって知ってるんだ。」

悟空《ごくう》は目を開けて、天井《てんじょう》を見ながら答えた。

「このあいだ見てきたんだ。」

「そうか。それで、お師匠様《ししょうさま》と悟浄《ごじょう》は元気だったか？」

「元気だった。お師匠様《ししょうさま》には、人間の弟子《でし》がたくさんできていた。お師匠様《ししょうさま》はその中の四番弟子《でし》の辯機《べんき》ってやつに、身のまわりの世話をさせているようだったな。」

「そうか。でも、なんで、一番弟子《でし》から三番弟子《でし》までに、そういうことをやらせずに、四番弟子《でし》にやらせてるんだ。」

「三番弟子《でし》にはやらせている。だが、二番弟子《でし》はばかで使いものにならないんじゃないか。」

「そうか。そんな使いものにならない弟子《でし》なんて、破門《はもん》にしてやりゃあいいのにな。」

「そうだな。今度、お師匠様《ししょうさま》のところにいったら、破門《はもん》をすすめてみる。」

八戒《はっかい》は二番弟子《でし》というのが自分のことだとはまるで気づかないようだ。人間の二番弟子《でし》のことだと思ってるのだろう。しかし、ちゃんと話をきいていれば、

「その二番弟子《でし》ってのは、だれのこったよ。」

などといって、むきになって、くってかかってくるはずだ。それなのに、八戒《はっかい》は、

「ああ。それがいいよ。」

などといって、心ここにあらずというふうだ。

しかたなく、悟空《ごくう》は、

「そうだな。」

と答え、また目をつぶった。

しばらく沈黙《ちんもく》が流れた。

やがて、八戒《はっかい》が口を開いた。

「だけど、兄貴《あにき》。行き場があるとか、ないとか、そういうことじゃないんだ。翠蘭《すいらん》が見つからないと、おれはこまるんだ。」

悟空《ごくう》はふたたび目を開け、八戒《はっかい》を横目で見て、いった。

「きっと見つかるさ。」

「そんなことといって、見つからねえじゃねえか。」

「そりゃあ、まだ見つかっちゃあいないが、きっと見つかる。」

悟空《ごくう》はそういってから、寝台《しんだい》の上に起きあがり、あぐらをかいた。そして、八戒《はっかい》の顔を見て、いった。

「八戒《はっかい》。だいたいおまえ、心あたりの場所はぜんぶしらべたのか。」

「あたりまえだ。心あたりはぜんぶ見にいって、しらべた。」

寝台《しんだい》には赤い絹《きぬ》のおおいがしてある。

八戒《はっかい》もいらいらしているようだが、悟空《ごくう》にしても、翠蘭《すいらん》が見つからないことで、いらだちはある。それで、ぜんぶしらべたといっている八戒《はっかい》に、悟空《ごくう》はなんとなくけちをつけてやりたくなった。そこで、右手でげんこつをつくり、寝台《しんだい》のおおいを軽くたたいて、いった。

「じゃあ、この下は？」

ばかなことをいうなというように、細い眉《まゆ》をよせて、八戒《はっかい》がいった。

「この下って、その寝台《しんだい》の下か？」

悟空《ごくう》がうなずく。

「ああ、そうだ。この寝台《しんだい》の下だ。」

八戒《はっかい》は、

「兄貴《あにき》。いくら翠蘭《すいらん》がほっそりとしているからって、その寝台《しんだい》はけっこう厚《あつ》みがあって、床《ゆか》とのすきまは……。」

といってから、右手の親指とひとさし指を開いて、いいたした。

「これくらいしかないんだ。こんなせまいところに人間が入れるかよ。」

「そんなの、見てみなきゃ、わからねえだろ。」

悟空《ごくう》はそういうと、寝台《しんだい》からおり、しゃがみこんで、赤いおおいをまくりあげた。

そして、寝台《しんだい》の下をのぞきこんでみたが、たしかに、この幅《はば》では、人間は入れない。

それでも、いろいろと角度をかえてのぞいていると、ななめにさしこむ夕日を反射《はんしゃ》したのか、腕《うで》をのばせばとどくあたりで、何かが光った。

悟空《ごくう》はうつぶせになり、腕《うで》をのばして、それをひっぱりだした。

それは金でできた細い髪《かみ》かざりだ。先に赤い石がいくつかはめられている。

床《ゆか》にあぐらをかいて、悟空《ごくう》はそれを八戒《はっかい》にさしだした。

「これ、翠蘭《すいらん》のか？」

「そうだ。そんなところにあったのか。ずいぶんさがしたんだがな。」

八戒《はっかい》は立ちあがると、悟空《ごくう》の手から髪《かみ》かざりを受けとった。

ぽんぽんと両手をたたき、手からほこりをはらってから、悟空《ごくう》は体を起こし、寝台《しんだい》に腰《こし》かけた。

「だから、おまえがさがしたなんていうのは、あてにならないってことだ。」

「でも、まさか寝台《しんだい》の下に髪《かみ》かざりがあるなんて、だれも思わねえよ。どうやって、そんなところに入ったのかな。」

「化粧台《けしょうだい》の上かどこかにおいてあったのが、なにかのひょうしで床《ゆか》におち、それをうっかり、おまえがけとばしたかなんかしたんだろうよ。」

「まあ、そんなところだろうな。」

八戒《はっかい》は寝室《しんしつ》の窓《まど》ぎわのすみにある小さな机《つくえ》のひきだしを引くと、そこに髪《かみ》かざりを入れた。

悟空《ごくう》がなんとなく、

「それ、翠蘭《すいらん》の化粧台《けしょうだい》か?」

とたずねると、八戒《はっかい》は悟空《ごくう》のほうにふりむいて、答えた。

「そうだ。」

化粧台《けしょうだい》の上には、何かひらべったい箱のようなものがおいてある。

「その箱みたいなものはなんだ。」

悟空《ごくう》が化粧台《けしょうだい》を指さしてそういうと、八戒《はっかい》は答えた。

「だから、翠蘭《すいらん》の化粧台《けしょうだい》だ。」

「そりゃあ、わかってる。化粧台《けしょうだい》の上にある箱だ。」

「あ、これね。」

といって、八戒《はっかい》がひらべったい箱を持ちあげ、悟空《ごくう》のほうに持ってくると、寝台《しんだい》の上においた。

箱はうちわのような形をしてる。

「小さな扇《おうぎ》でも入っているのか。」

悟空《ごくう》がたずねると、八戒《はっかい》は箱のふたをあけて、いった。

「いや。翠蘭《すいらん》の鏡《かがみ》だ。」

悟空《ごくう》は箱の中をのぞいた。

それは、銅《どう》の鏡《かがみ》だった。きれいにみがきこまれた面に、悟空《ごくう》の顔がうつった。

悟空《ごくう》が歯をむきだすと、鏡《かがみ》の中の悟空《ごくう》も歯をむきだす。

「子どもみたいなこと、やってるんじゃねえよ。」

八戒《はっかい》がそういって、ふたをしめ、もとの化粧台《けしょうだい》の上にもどした。

「髪《かみ》かざりも、その鏡《かがみ》も、なかなか値《ね》のはりそうなものだな。」

悟空《ごくう》がそういうと、八戒《はっかい》はもどってきて、いすにすわった。そして、

「そうだ。鏡《かがみ》は知らないが、髪《かみ》かざりはけっこうな値《ね》だった。おれが、ここにくるまえに長安《ちょうあん》の都で買ったんだ。」

といった。

「おまえ、翠蘭《すいらん》のことがよほど好《す》きなんだな。」

べつにからかうつもりはなかったが、悟空《ごくう》がそういうと、八戒《はっかい》は、

「よけいなお世話だ。」

といって、そっぽをむいた。

悟空《ごくう》は寝台《しんだい》から立ちあがって、いった。

「よけいなお世話だなんていうわりには、おれをたよってくるね、おまえ。」

八戒《はっかい》がそっぽをむいたまま答える。

「弟が兄をたよって、なにが悪い。」

悟空《ごくう》は寝室《しんしつ》を横ぎり、廊下《ろうか》に出ていこうとして、なんとなく、

「髪《かみ》かざりは見つかっても、翠蘭《すいらん》は見つからず、髪《かみ》かざりは寝室《しんしつ》にあっても、翠蘭《すいらん》はおらず……か……。」

とひとりごとをいった。だが、そうひとりごとをいったとき、何かが悟空《ごくう》の頭の中でひらめいた。

なくなったと思った髪《かみ》かざりは寝室《しんしつ》にあった。それなら、ひょっとして……。

廊下《ろうか》に片足《かたあし》だけ出したところで、悟空《ごくう》はふりむいて、寝室《しんしつ》を見た。

いすにすわって、八戒《はっかい》がうつむいている。

悟空《ごくう》は八戒《はっかい》にいった。

「ちょっとまた、気になることができた。出かけてくる。」

八戒《はっかい》はうつむいたまま、

「ああ。」

と答え、

「どこにいくんだ?」

ときくこともなかった。

六

広目天王《こうもくてんのう》

天蓬元帥殿《てんぽうげんすいどの》の奥方《おくがた》が消えたそうだな、大聖《たいせい》。

孫悟空《そんごくう》はもう一度、天の北門にやってきた。

門の前で觔斗雲《きんとうん》から降《お》りると、門の左右にならんだ天兵《てんぺい》のうちのひとりが、門の中にむかって声をあげた。

「闘戦勝仏様《とうせんしょうぶつさま》がおいでになりました！」

なにやら悟空《ごくう》がくることがわかっていて、それを待っていたかのような口ぶりだ。

すぐに出てきたのは托塔李天王《たくとうりてんのう》ではなく、広目天王《こうもくてんのう》だった。だが、いつもなら右手に筆、左手に巻物《まきもの》を持っているのに、何も持っていない。

広目天王《こうもくてんのう》が出てくるとは、ひょっとして場所をまちがえたかと思い、悟空《ごくう》は門にかかっている額《がく》を見あげ、そこに書かれている字を読んだが、やはり北門にまちがいない。

「広目天王《こうもくてんのう》じゃないか。おまえは西門だろ。托塔李天王《たくとうりてんのう》はどうした？」

悟空《ごくう》が広目天王《こうもくてんのう》に声をかけると、広目天王《こうもくてんのう》は大声で、

「ただいま托塔李天王《たくとうりてんのう》は玉帝陛下《ぎょくていへいか》のお召《め》しで、霊霄殿《れいしょうでん》にまいっております。」

といいながら、悟空《ごくう》のそばにくると、声をおとした。

「天蓬元帥殿《てんぽうげんすいどの》の奥方《おくがた》が消えたそうだな、大聖《たいせい》。」

四天王《してんのう》のうち、悟空《ごくう》はどういうわけか広目天王《こうもくてんのう》がいちばん話しやすい。

「そうなんだ。翠蘭《すいらん》っていうんだがな。三日前にいなくなって、八戒《はっかい》のやつ、気落ちしていてな……。」

そこまでいって、悟空《ごくう》は広目天王《こうもくてんのう》が八戒《はっかい》のことを浄壇使者《じょうだんししゃ》と呼《よ》ばず、天蓬元帥《てんぽうげんすい》といったことに気づいたが、そんなことにこだわっているときではないので、それにはふれず、

「それで、さっき托塔李天王《たくとうりてんのう》にきてもらって、照魔鏡《しょうまきょう》で妖怪《ようかい》をさがしてもらったのだが、見つからなかったのだ。だが、ちょっとまたききたいことができて、やってきたってわけさ。ところで、おまえ。きょうは筆と巻物《まきもの》はどうした？」

といった。

広目天王《こうもくてんのう》は小声のままでいった。

「きょうは持っていない。そんなことはどうでもいいだろう。高老荘《こうろうそう》から帰ってきた託塔李天王《たくとうりてんのう》も気になることがあったらしく、もう一度もどろうとしたのだが、そのとき、別の用で玉帝陛下《ぎょくていへいか》に呼《よ》ばれてな。それで、おまえがきたら伝えてくれと、わたしが伝言をたのまれたのだ。伝言くらい、巻物《まきもの》に書いておかなくてもだいじょうぶだ。べつに、使わないときでも、筆と巻物《まきもの》を持っているわけではない。おまえだって、如《にょ》意金箍棒《いきんこぼう》をいつも手に持っているわけではなかろう。」

「そりゃあ、まあそうだ。それで、伝言というのは、ひょっとすると照魔鏡《しょうまきょう》のことか?」

「そうだ。」

「やはり、そうか。照魔鏡《しょうまきょう》の光をあてても、見つからない妖怪《ようかい》がいるということか。」

「そうだ。託塔李天王《たくとうりてんのう》はそのことをおまえにいいわすれていたようだ。それで、おまえにいいにいこうとしたところで、陛下《へいか》に呼《よ》ばれたのだ。照魔鏡《しょうまきょう》は……。」

そこまで広目天王《こうもくてんのう》がいったとき、悟空《ごくう》はそれをさえぎって、いった。

「待て。そのさきをいうな。まず、おれの考えをいう。」

「おもしろい。いってみろ。」

「翠蘭《すいらん》は寝室《しんしつ》で消えたのだが、どうもおれは翠蘭《すいらん》がまだその寝室《しんしつ》にいるような気がしてならないのだ。翠蘭《すいらん》は叫《さけ》び声《ごえ》だけ残《のこ》していなくなり、指一本どころか、血の一滴《いってき》も残《のこ》っていない。そうなると、翠蘭《すいらん》は一瞬《いっしゅん》にしてのみこまれ、のみこんだやつは隠身《かくれみ》の術《じゅつ》を使って、寝室《しんしつ》から出ていったということになる。翠蘭《すいらん》をのみこむことができて、しかも、隠身《かくれみ》の術《じゅつ》が使えるやつなど、そうそうそのへんにいるとは思えない。いなかのごろつき妖怪《ようかい》では無理だ。」

悟空《ごくう》がそういって、広目天王《こうもくてんのう》の目を見ると、広目天王《こうもくてんのう》は小さくうなずき、

「なるほど。それで。」

と先をうながした。

「それでおれは、おまえには悪いが、竜《りゅう》かなと思った。」

悟空《ごくう》がそういうと、広目天王《こうもくてんのう》はそれをさえぎった。

「いや。それはない。竜《りゅう》たちはわたしの眷族《けんぞく》だ。竜《りゅう》の中には隠身《かくれみ》の術《じゅつ》を使える者もいるが、そういう修行《しゅぎょう》をつんだ竜《りゅう》がわざわざ高老荘《こうろうそう》のようないなかに出かけていき、西《せい》天天竺《てんてんじく》の釈迦如来様《しゃかにょらいさま》から浄壇使者《じょうだんししゃ》という位までいただいた者の妻《つま》を食べて、どうしよ

うというのだ。そんなことはありえない。」

「まあ、そんなようなことを東海竜王《とうかいりゅうおう》もいっていた。おれもそのとおりだと思う。翠蘭《すいらん》をのみこんだのは竜《りゅう》ではなかろう。それから、もうひとつ。おれは、そいつはまだその寝室《しんしつ》にいるかもしれないと思うのだ。むろん、竜《りゅう》以外の何者かが翠蘭《すいらん》をひとのみにして、隠身《かくれみ》の術《じゅつ》で八戒《はっかい》の目をぬすみ、逃《に》げ去ったということも考えられる。もしそうなら、一日やふつかでそいつをさがすのはかなりむずかしい。もちろん、寝室《しんしつ》にいないことがはっきりすれば、見つかるまで、草の根わけても、おれはそいつをさがすつもりだ。しかし、そのまえに、もう一度寝室《しんしつ》を徹底的《てっていてき》にさがさねばならない。」

「なるほど。」

「それでおれは、まだそいつが寝室《しんしつ》にいると仮定《かてい》してみた。」

「うむ。それで？」

とさきをうながす広目天王《こうもくてんのう》のいいかたが、答を知っている父親が謎《なぞ》ときをしている子どもをはげましているようにきこえ、悟空《ごくう》は、

「おまえ。おれのことをばかにしてないか？」

といってみた。

「わたしがおまえを？　とんでもない。ばかになどしておらぬ。」

広目天王《こうもくてんのう》がおおげさに首を左右にふった。

悟空《ごくう》はいった。

「まあ、いいか。とにかく、もし、そいつがまだ寝室《しんしつ》にいるなら、そいつは照魔鏡《しょうまきょう》にはうつらないやつだと、そう思ったのだ。」

「なるほど。それで、そいつはだれなのだ？　それもわかったのか？」

広目天王《こうもくてんのう》にきかれ、悟空《ごくう》はいった。

「いや。絶対《ぜったい》そいつだとはいいきれない。だから、ここにたしかめにきたのだ。なあ、広目天王《こうもくてんのう》。おまえ、照魔鏡《しょうまきょう》の係ではないだろうが、四天王《してんのう》のひとりなんだから、ちょっとはわかるだろう。照魔鏡《しょうまきょう》にうつらないやつだ。」

「わかる。そいつは……。」

と広目天王《こうもくてんのう》がいいかけたところで、悟空《ごくう》は右手のてのひらをまえに出し、

「待て！　いうな。おれがいう。」

といい、広目天王《こうもくてんのう》が口をつぐんだところで、ゆっくりといった。

「それは、鏡《かがみ》だろう！」

「そうだ。よくわかったな。じつは、托塔李天王《たくとうりてんのう》は天界に帰ってきてから、天蓬元帥《てんぽうげんすい》の寝室《しんしつ》の化粧台《けしょうだい》の上にひらたい箱があったことを思い出したのだ。それで、ひょっとすると、中身は鏡《かがみ》ではないかと思い、鏡《かがみ》は照魔鏡《しょうまきょう》にはうつらないということをおまえに知らせにいこうとしたのだ。鏡《かがみ》は、いくら照魔鏡《しょうまきょう》で光をあてても、むだなのだ。なぜなら……。」

今度は悟空《ごくう》がことばをさえぎる番だった。

「待て。おれの考えをいう。鏡《かがみ》は光を反射《はんしゃ》してしまう。だから、照魔鏡《しょうまきょう》の光は鏡《かがみ》の中に入るまえに、はねかえされてしまい、光が妖怪《ようかい》をとらえることはできないのだ。ちがうか？」

「そのとおりだ、大聖《たいせい》！」

と大声でいってしまってから、広目天王《こうもくてんのう》は左右に目をやり、すぐにいいなおした。

「そのとおりでございます。闘戦勝仏様《とうせんしょうぶつさま》。」

「寝室《しんしつ》にある鏡《かがみ》そのものが妖怪《ようかい》なのか、それとも、鏡《かがみ》は妖怪《ようかい》の道具なのか、それはまだわからない。だが、まだもし翠蘭《すいらん》が寝室《しんしつ》にいるとすれば、鏡《かがみ》の中にとじこめられているにちがいないのだ。」

「わたくしもそう思います。闘戦勝仏様《とうせんしょうぶつさま》。」

天兵《てんぺい》にきこえるように、わざとらしい大声で広目天王《こうもくてんのう》はそういって、大きくうなずいた。

「それがわかれば、托塔李天王《たくとうりてんのう》に会うこともない。」

悟空《ごくう》はそういって、体をふるわせ、觔斗雲《きんとうん》を起こした。

觔斗雲《きんとうん》に乗った悟空《ごくう》を広目天王《こうもくてんのう》が呼《よ》びとめた。

「鏡《かがみ》からどのようにして、天蓬元帥殿《てんぽうげんすいどの》の奥方《おくがた》をつれもどすおつもりですか。」

「それはこれから考えるさ。それじゃあ、じゃましたな。広目天王《こうもくてんのう》。托塔李天王《たくとうりてんのう》によろしくいってくれ。」

といって、飛《と》び去ろうとしたところで、悟空《ごくう》は広目天王《こうもくてんのう》のそばに近より、小声でたずねた。

「おまえ。ほかのやつらに聞こえなければ、おれのことを大聖《たいせい》っていってくれて、うれしいぜ。ありがとうよ。」

「礼にはおよばない。わたしもそのほうがいいと思ったのだ。」

「どうしてだ。」

「どうしてって、このあいだ、おまえがいったとおり、おまえが闘戦勝仏《とうせんしょうぶつ》になるのは来世《らいせ》だしな。おまえは不死《ふし》だから来世《らいせ》はない。ということはおまえは金輪際《こんりんざい》、闘戦勝《とうせんしょう》仏《ぶつ》になることはない。まあ、なったとしてもだな……。」

広目天王《こうもくてんのう》は小声で話していたが、ちらりと天兵《てんぺい》たちに目をやってから、口を悟空《ごくう》の耳もとに近づけて、ささやいた。

「もし、わたしがこの天界《てんかい》で何か手柄《てがら》を立て、今よりももっと高い位をもらったとしよう。だが、わたしはその位があまり気にいらず、広目天王《こうもくてんのう》という名のほうがずっと気にいっているとしよう。そうしたら、だれも聞いていないところでも、おまえはその位の名でわたしを呼《よ》ぶか？　あるいはまた、わたしが何かしくじって、下界《げかい》におとされたとしよう。それで、ヤギか何かに姿《すがた》を変えられていたとする。おまえ、そのヤギがわたしだと気づいたら、わたしのことをヤギと呼《よ》ぶか。」

「いや。そうは呼《よ》ばず、広目天王《こうもくてんのう》って呼《よ》ぶだろうな。」

「それと同じだ。だれでも、天蓬元帥殿《てんぽうげんすいどの》がもし、浄壇使者《じょうだんししゃ》と呼《よ》ばれたいなら、天蓬元《てんぽうげん》帥殿《すいどの》が浄壇使者《じょうだんししゃ》になるのが来世《らいせ》であっても、これからは浄壇使者様《じょうだんししゃさま》と呼《よ》ぶ。だが、わたしにとっては、天蓬元帥殿《てんぽうげんすいどの》は、猪八戒《ちょはっかい》になっても、浄壇使者《じょうだんししゃ》になっても、天蓬元帥《てんぽうげんすい》殿《どの》だ。」

そういって、広目天王《こうもくてんのう》は悟空《ごくう》からはなれた。

悟空《ごくう》は広目天王《こうもくてんのう》の顔をじっと見つめてから、

「それじゃあ、広目天王《こうもくてんのう》。世話になったな。また遊びにくるぜ。」

といって、高老荘《こうろうそう》めざして、急降下《きゅうこうか》していった。

しかたがないな。それでは、兜率天宮《とそつてんきゅう》にいこう。

七 赤い目

孫悟空《そんごくう》が高太公《こうたいこう》の屋敷《やしき》にもどってくると、猪八戒《ちょはっかい》は寝室《しんしつ》の寝台《しんだい》に大の字になり、いびきをかいて寝《ね》ていた。

日が暮《く》れかかり、部屋《へや》の中は暗くなりかけている。

だれかが廊下《ろうか》を歩いてくる足音が聞こえた。女だ。

やがて、寝室《しんしつ》の入口がぼうっと明るくなり、手にろうそくの明かりを持った小間使いの明鈴《めいりん》があらわれた。

「明かりをもってまいりました。」

明鈴《めいりん》はそういうと、部屋《へや》のあちこちにある燭台《しょくだい》に火をうつしていった。

机《つくえ》の上の燭台《しょくだい》にも火がともった。

明鈴《めいりん》が出ていくと、悟空《ごくう》は翠蘭《すいらん》の化粧台《けしょうだい》の上にある鏡《かがみ》を箱ごと両手で持ち、机《つくえ》の上においた。

鏡《かがみ》が妖怪《ようかい》であっても、照魔鏡《しょうまきょう》の光では正体を見やぶれない。鏡《かがみ》はただの鏡《かがみ》であって、妖怪《ようかい》でもなんでもないかもしれない。翠蘭《すいらん》は妖怪《ようかい》に食われるなり、連《つ》れ去られるなりして、もうここにはいないことだってありうるのだ。

だが、今はともかく、鏡《かがみ》が妖怪《ようかい》か、妖怪《ようかい》の持ち物だとして考えよう。

おそらく翠蘭《すいらん》は鏡《かがみ》の中にいるのだ。

やっかいなのは、鏡《かがみ》が妖怪《ようかい》自身ではなく、妖怪《ようかい》の持ち物だったときだ。妖怪《ようかい》なら、おどしたりすかしたり、取り引きをしたりすることもできるだろう。だが、鏡《かがみ》がただの道具で、その中に翠蘭《すいらん》がとじこめられているとしても、道具あいてでは、おどしてもすかしてもむだだ。

悟空《ごくう》は昼間八戒《はっかい》がすわっていたいすを机《つくえ》に近づけて、腰《こし》をおろした。

悟空《ごくう》は考えた。

おそらく、鏡《かがみ》は妖怪《ようかい》の道具ではなく、妖怪《ようかい》自身なのだろう。もし、道具なら、妖怪《ようかい》が三日もこの部屋《へや》に鏡《かがみ》をおきっぱなしにしておくのはおかしい。いや、ひょっとして、翠蘭《すいらん》が妖怪《ようかい》なのかもしれない。妖怪《ようかい》ではなくても、鏡《かがみ》の妖怪《ようかい》にたぶらかされ、いいようにあやつられているのかもしれない。そしてまた、八戒《はっかい》も妖怪《ようかい》にとりつかれているとしたら、うまいぐあいに翠蘭《すいらん》を鏡《かがみ》から引っぱりだすことができたときこそ、あぶない。正体をあらわした鏡《かがみ》と翠蘭《すいらん》と八戒《はっかい》をあいてに、悟空《ごくう》は立ちまわりを演《えん》じることになる。八戒《はっかい》など、多少いためつけても、どうということはないが、妖怪《ようかい》にとりつかれている翠蘭《すいらん》に、あまり乱暴《らんぼう》はできない。

ともあれ、翠蘭《すいらん》が年《とし》をとったようにも見えないとすれば、翠蘭《すいらん》が妖怪《ようかい》のなかまである可能性《かのうせい》は高い。いや、翠蘭《すいらん》だけではない。八戒《はっかい》が天竺《てんじく》に旅立つまえからいる使用人たちも年《とし》をとっていないのだから、妖怪《ようかい》のなかまということになる。

わからないことが多い。まず今できることを試《ため》してみて、あとは用心しながら、さきにすすむしかない。

そう思った悟空《ごくう》は、まず箱のふたを取り、横においた。そして、小さなうちわのような形の鏡《かがみ》のとってを左手でつかみ、みがきこまれた鏡《かがみ》の面を下にして、ろうそくの火にかざした。串《くし》にさした小魚を火にあぶるように、鏡《かがみ》の面を火に近づけたり、遠ざけたりしてから、鏡《かがみ》をもとどおり箱におさめた。

もちろん、ろうそくの火にあぶったくらいでは、鏡《かがみ》の妖怪《ようかい》はいたくもかゆくも、いや熱《あつ》くもないだろう。少し、鏡《かがみ》の面にろうそくのすすがついただけだ。

悟空《ごくう》は今度はろうそくを顔のそばに持ち、鏡《かがみ》を上からのぞきこんだ。そして、何度も目を閉《と》じたり大きく見開いたりしてから、ひとりごとのようにつぶやいた。

「おれの目は赤い。」

悟空《ごくう》はそういって、もう一度大きく目を見開いた。そして、ゆっくりとまばたきをしてから、いった。

「おれの目は赤い。なぜだかわかるか。」

だれもへんじをしない。

悟空《ごくう》はつづけていった。

「おれは斉天大聖孫悟空《せいてんたいせいそんごくう》だ。目ははじめから赤かったわけではない。目が赤くなったのは、兜率天宮《とそつてんきゅう》にある太上老君《たいじょうろうくん》の八卦炉《はっかろ》で七千七百四十九日のあいだ、焼かれつづけたからだ。さすがに太上老君《たいじょうろうくん》の八卦炉《はっかろ》だけあって、不死身《ふじみ》のおれでも、目は赤くなった。八卦炉《はっかろ》というのは、なんでも溶《と》かしてしまうといわれている炉《ろ》だ。」

そこまでいって、悟空《ごくう》は口をつぐみ、耳をすました。だが、だれもへんじをする者はいない。聞こえるのは、八戒《はっかい》のいびきだけだ。

悟空《ごくう》はふたたび口を開いた。

「ひとつ、提案《ていあん》がある。おまえがどんな妖怪《ようかい》で、これまでどんなことをしてきたのか、それから、いつ、どうやってこの屋敷《やしき》に入りこんだのか、それから、今までどれくらいの人間をおまえの中につれこんだのか、そんなことはどうでもいい。おれがかえしてほしいのは八戒《はっかい》の女房《にょうぼう》の翠蘭《すいらん》だけだ。そして、おまえが選べる道は、翠蘭《すいらん》をかえすか、さもなければ、八卦炉《はっかろ》で焼《や》かれるかのどちらかだ。おまえが翠蘭《すいらん》をかえさなければ、翠蘭《すいらん》はおまえといっしょに八卦炉《はっかろ》で死ぬことになる。だが、おれは西天天竺《せいてんてんじく》のおやじや、南海普陀落伽山《なんかいふだらくせん》の観音《かんのん》の野郎《やろう》とは、顔見知り以上のあいだがらだ。ちょっとたのめば、翠蘭《すいらん》を成仏《じょうぶつ》させてくれるくらいのことはしてもらえる。だが、おまえはどうだ。理不尽《りふじん》な話だが、妖怪《ようかい》は成仏《じょうぶつ》しない。死んだら、それきりの命だ。」

悟空《ごくう》はそこでまた、だまった。

いつのまにか、八戒《はっかい》のいびきは止まっている。

しばらくして、悟空《ごくう》は思い出したようにいった。

「そうだ。おまえのことで、ひとつわかったことがある。おまえは自分では動けない。

だから、おれがおまえを持って、兜率天宮《とそつてんきゅう》にある太上老君《たいじょうろうくん》の八卦炉《はっかろ》に持っていっても、おまえはとちゅうで逃《に》げだすことはできない。逃《に》げることができるなら、とっくに逃《に》げているはずだ。」

そこで悟空《ごくう》は言葉をとめ、大きく息を吸《す》い、それをゆっくりとはきだしてからいった。

「まあ、もとはただの鏡《かがみ》だったのだろう。それが、どこでどうして力をつけたか、いくばくかの魔力《まりょく》を身につけたのだろうが、自分で動くところまでいっていない。修行《しゅぎょう》がたりないのさ。八卦炉《はっかろ》で溶《と》かされたら、修行《しゅぎょう》もできなくなるぞ。これから十数えるだけの時間をやる。そのあいだに、答を出せ。」

それから悟空《ごくう》はゆっくりと数を数えはじめた。

「一、二、三……。」

三まで数えたが、何も起こらない。

このまま十まで数えて、それでも何も起こらなければ、鏡《かがみ》自身は妖怪《ようかい》ではなく、ただの鏡《かがみ》か、せいぜい妖怪《ようかい》の道具でしかないか、そうでなければ、よほど強情《ごうじょう》な妖怪《ようかい》だということになる。どちらにしても、めんどうなことになる。

「四、五、六、七……。」

とそこまで数えたとき、かがみの表面が光ったような気がした。

悟空《ごくう》は数えつづけた。

「八、九、十……。」

十まで数えおわったが、それ以上《いじょう》のことは起こらなかった。

悟空《ごくう》は立ちあがり、箱のふたを手にとった。そして、それを箱にかぶせながら、

「しかたがないな。それでは、兜率天宮《とそつてんきゅう》にいこう。」

とつぶやいたとき、なにものかがふたをはねのけた。

ふたが宙《ちゅう》にまいあがると同時に、鏡《かがみ》の真上の宙《ちゅう》にあらわれ出たものを見れば、それは翠蘭《すいらん》だった。

ほうっておけば、そのまま机《つくえ》の上に落ちるところを悟空《ごくう》は両手でだきとめた。

体がなまあたたかく、胸《むね》がかすかに動いているところを見れば、どうやら生きているようだ。

悟空《ごくう》は翠蘭《すいらん》をそっと寝台《しんだい》の八戒《はっかい》のとなりに横たえた。

眠《ねむ》っているようだが、油断《ゆだん》はできない。

悟空《ごくう》は耳から如意金箍棒《にょいきんこぼう》を出して、いつもの棒《ぼう》の長さにすると、両手で持ち、翠蘭《すいらん》のみぞおちを軽くつついた。

「うん……。」

とか細い声をあげ、翠蘭《すいらん》が目をさます。

悟空《ごくう》は左脇《ひだりわき》に如意金箍棒《にょいきんこぼう》をかかえ、机《つくえ》から燭台《しょくだい》を持ってくると、それを自分の顔の横にもってきた。

「翠蘭《すいらん》。おれがだれだかわかるか？」

悟空《ごくう》の問いかけに、翠蘭《すいらん》は何が起こったのかわからないというような顔をしたが、すぐに身を起こすと、いった。

「あなたは三蔵法師様《さんぞうほうしさま》のお弟子様《でしさま》の斉天大聖孫悟空様《せいてんたいせいそんごくうさま》。だけど、なぜあなたがここに？」

悟空《ごくう》は燭台《しょくだい》を机《つくえ》にもどしてから、たずねた。

「おまえ、朝、鏡《かがみ》を見ていたな。そのあと、どうしていたのだ。」

「朝……。」

とつぶやき、翠蘭《すいらん》は机《つくえ》の上のあかりに目をやった。それから、

「朝……。わたし……。そうだわ。鏡《かがみ》を見ていて、でも、それから……。」

といったきり、だまってしまった。

どうやら、鏡《かがみ》にすいこまれたことはおぼえていないらしい。おそらく、翠蘭《すいらん》は妖怪《ようかい》のなかまではないのだろう。もしそうなら、鏡《かがみ》から出てきてすぐ、悟空《ごくう》にとびかかるなりしているはずだ。それに、首をかしげているようすを見れば、しらばっくれて、芝居《しばい》をしているようでもない。

そのとき、八戒《はっかい》がひときわ大きくいびきをかいた。それで、ようやく翠蘭《すいらん》は寝台《しんだい》に八戒《はっかい》が寝《ね》ていることに気づいたようだった。

「あ、あなた……。」

といって、翠蘭《すいらん》は八戒《はっかい》の顔を見つめた。

悟空《ごくう》はいった。

「翠蘭《すいらん》。ききたいことがある。おまえ、八戒《はっかい》がいないあいだ、どうして年《とし》をとらなかったのだ。いや、おまえだけではない。おまえの親や、昔からいる使用人たちもだ。なぜ、みな、年《とし》をとらないのだ。それから、おまえたちが年《とし》をとらないことをどうして八戒《はっかい》は奇妙《きみょう》だと思わないのだ。」

「うちの人は、そういうことにはこだわらず、なぜ、わたしたちが年《とし》をとらなかったのかも、おたずねになりませんでした。」

それを聞いて、悟空《ごくう》は、八戒《はっかい》ならそうかもしれないと思った。だが、次に翠蘭《すいらん》がいったことは、あまりに意外だった。

翠蘭《すいらん》はいった。

「それから、わたしたちが年《とし》をとらなかったのは、観音菩薩様《かんのんぼさつさま》のおかげでございます。」

翠蘭《すいらん》の口から出た名に、おもわず悟空《ごくう》は声をあげた。

「なんだと？　観音《かんのん》だと？　観音《かんのん》のおかげとはどういうことだ。」

その声で、八戒《はっかい》が目をさまし、むくむくと起きあがった。そして、となりに翠蘭《すいらん》がいることに気づくと、

「あっ、翠蘭《すいらん》。おまえ、帰ってきてくれたのか……。」

というなり、そこに悟空《ごくう》がいることにもかまわず、翠蘭《すいらん》をだきしめたのだった。

八

南海普陀落伽山《なんかいふだらくせん》

本物もにせ物もどのみち一念《いちねん》だからさ。

高くそびえる門の上に、〈観音殿《かんのんでん》〉と書かれた文字《もじ》が見えてきた。

孫悟空《そんごくう》はその門の前で觔斗雲《きんとうん》から跳《と》びおりた。左のわきの下にかかえるようにして、箱を持っている。鏡《かがみ》の入った箱だ。

悟空《ごくう》がやってくるのが見えたのだろう。門のむこう、御殿《ごてん》の前にある竹林から恵岸《えがん》行者《ぎょうじゃ》が出てきた。

いつも悟空《ごくう》がやってくると、恵岸行者《えがんぎょうじゃ》はきびしい顔つきで出てくるのだが、きょうは口もとに笑《え》みを浮《う》かべている。その笑《え》みが悟空《ごくう》にはわざとらしく見える。

「これはこれは、闘戦勝仏様《とうせんしょうぶつさま》。天竺《てんじく》よりもどられてから、ここにおいでくださるのははじめてですね。」

悟空《ごくう》は内心、

「はじめてだろうが、百回目だろうが、おまえの知ったことか。とっとと観音《かんのん》の野郎《やろう》をつれてこい！」

といってやりたかったが、そうはいわず、

「観音菩薩《かんのんぼさつ》を呼《よ》んできてくれ。」

とだけいった。

「かしこまりました。」

と頭をさげ、恵岸行者《えがんぎょうじゃ》が御殿《ごてん》のほうに歩いていく。

天界の東西南北の門は天兵《てんぺい》の門番がいるが、観音殿《かんのんでん》の門はふだん、だれも守っていない。さわぎになれば、神将《しんしょう》たちがどこからともなく、わらわらと跳《と》びだしてくるが、だいたいにおいて、観音殿《かんのんでん》のある南海普陀落伽山《なんかいふだらくせん》は閑散《かんさん》としている。

やがて、御殿《ごてん》から観音菩薩《かんのんぼさつ》が恵岸行者《えがんぎょうじゃ》をつれて出てくると、こちらに歩いてきた。

門の下にいる悟空《ごくう》のそばまでくると、観音菩薩《かんのんぼさつ》はゆっくりと頭をさげた。そして、これまたゆっくり顔をあげると、

「闘戦勝仏様《とうせんしょうぶつさま》。よくおいでくださいました。」

といった。

観音菩薩《かんのんぼさつ》に会えば、どうせ闘戦勝仏《とうせんしょうぶつ》と呼《よ》ばれるだろうとは覚悟《かくご》していた。だから、さきに恵岸行者《えがんぎょうじゃ》にそう呼《よ》ばれても、文句《もんく》をいわなかった。だが、こうして、面とむかって観音菩薩《かんのんぼさつ》に闘戦勝仏《とうせんしょうぶつ》と呼《よ》ばれると、腹《はら》が立ってくる。

悟空《ごくう》はいった。

「なあ、観音《かんのん》。おれはべつに、今おまえがいった名前が気にいっているわけでもないし、ありがたいと思っているわけでもない。おれが師匠《ししょう》についていって天竺《てんじく》までいったのは、大雷音寺《だいらいいんじ》のおやじにほめてもらい、位のひとつでももらおうって魂胆《こんたん》からじゃない。だから、そうやって、わざとらしくおじぎをしたり、おれのことを闘戦勝仏《とうせんしょうぶつ》っていうのはやめろ。おれがその闘戦勝仏《とうせんしょうぶつ》っていうのになるとしても、それは来世《らいせ》のことだ。おれは不死身《ふじみ》だから、来世《らいせ》はない。だから、おれはいつまでも斉天大聖孫悟空《せいてんたいせいそんごくう》だ。どこもかわっていないし、これからもかわらない。」

すると観音菩薩《かんのんぼさつ》はしばらく悟空《ごくう》の顔をじっと見ていたが、やがて口を開いた。

「わかりました。悟空《ごくう》。それで、きょうは何をしにきたのです。」

「まずこれだ。これをおまえのところに持ってきた。みやげだと思って、受けとってくれ。」

悟空《ごくう》はそういって、鏡《かがみ》を箱ごと恵岸行者《えがんぎょうじゃ》にむかってほうり投げた。そして、恵岸行《えがんぎょう》者《じゃ》がそれをしっかりと受けとめたのを見てから、観音菩薩《かんのんぼさつ》に、

「よう、観音《かんのん》……。」

と話しかけると、観音菩薩《かんのんぼさつ》がくすりと笑《わら》った。

「悟空《ごくう》。どこもかわっていないというのはちがいますね。今までなら、ここにくるとまず、『やい、観音《かんのん》。』といっていたのが、きょうは、『よう、観音《かんのん》。』にかわっているではないですか。」

悟空《ごくう》はいった。

「ふん。『やい、観音《かんのん》。』といわずに、『よう、観音《かんのん》。』といったことには、ちゃんとわけがあるんだ。」

「ほう、それはどんなわけです？」

「きょうきたのは、もちろん、おまえに文句《もんく》をいってやるためだが、それだけではなく、ちょっとばかり礼をいおうと思ってな。文句《もんく》がひとつ、礼がひとつだ。文句《もんく》だけなら、『やい、観音《かんのん》。』だが、礼もあるから、いくらかおだやかに、『よう、観音《かんのん》。』と

いってやったのさ。そこで、観音《かんのん》。文句《もんく》と礼では、どっちをさきに聞きたいか、選《えら》ばせてやるから、いってみろ。」

だいたいこのくらいいうと、いつもなら恵岸行者《えがんぎょうじゃ》が、

「無礼《ぶれい》だぞ、悟空《ごくう》!」

とかなんとか口を出してくるのだが、きょうはだまって、観音菩薩《かんのんぼさつ》のななめうしろにひかえている。

観音菩薩《かんのんぼさつ》はいった。

「悟空《ごくう》。おまえがわたしに礼をいいにくるとはめずらしいので、まず、そちらのほうからうかがいましょうか。」

「八戒《はっかい》の女房《にょうぼう》の翠蘭《すいらん》から聞いたのだが、おれたちが高老荘《こうろうそう》の高太公《こうたいこう》の屋敷《やしき》を出て、天竺《てんじく》にむかったあと、おまえ、のこのことあの屋敷《やしき》にいったそうだな。そうしたら、翠《すい》蘭《らん》が泣《な》きながら、八戒《はっかい》が天竺《てんじく》から帰ってきたときには、自分は年よりになっていて、そうなったら、八戒《はっかい》が自分なんかかまってくれなくなるにちがいない、とかなんとか、そんなことをいっていたそうじゃないか。それで、おまえ、翠蘭《すいらん》に、八戒《はっかい》が帰ってくるまで、翠蘭《すいらん》だけではなく、翠蘭《すいらん》の父母と、そのとき屋敷《やしき》にいた使用人全部が年《とし》をと

らないようにしてやる、とかいって、じっさい、そうしてやったそうだな。」

悟空《ごくう》がそういうと、観音菩薩《かんのんぼさつ》は、

「そんなことがありましたかね。」

といって、ちらりと竹林に目をやった。

つられて悟空《ごくう》が竹林を見ると、大きな白いインコが飛《と》んでくるのが見えた。

インコが恵岸行者《えがんぎょうじゃ》の左肩《ひだりかた》にとまった。

悟空《ごくう》はインコから観音菩薩《かんのんぼさつ》に視線《しせん》をうつして、いった。

「なにが、『そんなことがありましたかね。』だよ。八戒《はっかい》のやつはあのとおりで、自分が帰ってきたとき、翠蘭《すいらん》たちが年《とし》をとっていないことを不思議《ふしぎ》に思わなかったようだ。だが、なんといっても、八戒《はっかい》はおれの弟弟子《おとうとでし》だ。だから、八戒《はっかい》にかわって、おまえに礼をいわなきゃならない。しゃれたことをしてくれて、ありがとうよ。」

「礼にはおよびません。」

と観音菩薩《かんのんぼさつ》は小さく首を左右にふってから、

「それで、文句《もんく》とはなんです。」

といった。

「今おれがおまえの弟子《でし》にわたしした箱には鏡《かがみ》が入っている。ずっと前から翠蘭《すいらん》のうちにある鏡《かがみ》で、家につたわっているものだということだ。いつから屋敷《やしき》にあるのか、それはわからない。翠蘭《すいらん》は、おまえが約束《やくそく》してくれたものの、日々、少しずつ年をとっていくのではないかと心配だったのだ。それで、毎朝、その鏡《かがみ》をのぞいて、たしかめていたそうだ。じっさいに、年《とし》をとっていったって、毎日見て、わかることはないだろうになあ。ところがだ。翠蘭《すいらん》の体にはおまえの念力《ねんりき》みたいなものがかかっている。つまり、おまえの力につつまれているようなものだ。そういう女が毎朝、鏡《かがみ》を真剣《しんけん》にのぞいてみろ。鏡《かがみ》のほうだって、ちょっとはおかしくなってくるさ。」

悟空《ごくう》はそこまでいって、いったん言葉をとぎらせた。それで、観音菩薩《かんのんぼさつ》が何かいうのを待ってみたが、何もいわないので、さきをつづけた。

「おそらく、八戒《はっかい》が帰ってきて、おまえの念力《ねんりき》もとけ、それで、翠蘭《すいらん》が少しずつ年《とし》をとりはじめたんだろう。鏡《かがみ》のほうじゃあ、毎日同じだった翠蘭《すいらん》がほんのちょっとずつ変わってきたのを見ていられなかったのかもしれない。それで、自分の中に吸《す》いこんでしまったのだろう。」

そこでまた、悟空《ごくう》は言葉をとぎらせてみた。すると、今度は観音《かんのん》は口を開き、

「鏡《かがみ》が翠蘭《すいらん》を吸《す》いこんでしまったのですか。」

といった。

「そうだ。それをさきにいわなきゃいけなかったな。翠蘭《すいらん》がいなくなってしまったものだから、八戒《はっかい》がおれのところに、さがしてくれとたのみにきたのだ。あれこれやったあげく、結局おれがちょっと鏡《かがみ》をおどして、翠蘭《すいらん》をこっちにもどさせたってわけだ。」

「鏡《かがみ》をおどすとは？」

「おまえの念力《ねんりき》につつまれた翠蘭《すいらん》が毎朝のぞいたせいで、鏡《かがみ》には魂《たましい》みたいなものができてしまったんだろうなあ。それでまあ、こっちのおどしが功《こう》を奏《そう》したってわけさ。とにかく、鏡《かがみ》がそうなったのは、もとはといえば、おまえのせいだぜ。なあ、観音《かんのん》。しゃれたことをやってくれるのはいいが、あとさき考えてやらねえといけねえよ。わかったか。」

そういって、悟空《ごくう》が恵岸行者《えがんぎょうじゃ》を見た。

恵岸行者《えがんぎょうじゃ》が悟空《ごくう》をにらみつけている。

悟空《ごくう》は観音菩薩《かんのんぼさつ》に視線《しせん》をもどして、あとをつづけた。

「いったん魂《たましい》みたいなものを持ってしまったのだ。それをとりあげるのも気の毒《どく》だから、まあ、ここにおいて、修行《しゅぎょう》でもなんでもさせれば、それなりの鏡《かがみ》になるんじゃねえか。托塔李天王《たくとうりてんのう》の照魔鏡《しょうまきょう》など、どんなにすぐれものだって、自分で考えたりはしないんだろ。その鏡《かがみ》は照魔鏡《しょうまきょう》よりは大物になるんじゃねえか。まあ、おまえがどんな修《しゅ》行《ぎょう》をさせるかによるけどよ。」

悟空《ごくう》はそこまでいうと、

「これでひととおり文句《もんく》もいったし。じゃあな、観音《かんのん》。よろしくたのむぜ。」

といって、くるりと観音菩薩《かんのんぼさつ》に背《せ》をむけた。

そこを観音菩薩《かんのんぼさつ》が呼《よ》びとめた。

「待ちなさい、悟空《ごくう》。」

「なんだ?」

悟空《ごくう》がふりむくと、観音菩薩《かんのんぼさつ》はいった。

「どうしておまえは、わたしの力がおよんだために、鏡《かがみ》が悪さをするようになったと思ったのです。」

すると、それまでだまっていた恵岸行者《えがんぎょうじゃ》が何歩かすすみでて、口を出してきた。

「そうだ、いえ、そうです。闘戦勝仏様《とうせんしょうぶつさま》。観音菩薩様《かんのんぼさつさま》のお力が人をこまらせることとなどになろうはずはない！」

悟空《ごくう》は恵岸行者《えがんぎょうじゃ》を見て、いった。

「おまえがそう思うのは、修行《しゅぎょう》がたらないからだ、恵岸行者《えがんぎょうじゃ》！　だが、まあ、鏡《かがみ》は人助けをしたのかもな。翠蘭《すいらん》のほうでも、少しずつ年をとっていっているのに気づき、どこかにかくれてしまいたかったのかもしれねえな。」

それから悟空《ごくう》は観音菩薩《かんのんぼさつ》にいった。

「もし、おまえもまた、自分の力が怪《あや》しいことには使われないと思っていたら、大まちがいだ。」

「悟空《ごくう》。わたしはそのようには思っていませんよ。なぜなら……。」

観音菩薩《かんのんぼさつ》がそこまでいったとき、悟空《ごくう》はそれをさえぎって、いった。

「菩薩《ぼさつ》も妖怪《ようかい》もどのみち一念《いちねん》……ってやつだろ。」

観音菩薩《かんのんぼさつ》はうなずいた。

「そうです。よくおぼえていますね。」

「おぼえているさ。今じゃここで、守山大神《しゅざんたいしん》とよばれている黒大王《こくだいおう》をおれとおまえでこらしめにいったとき、おまえがそういったのだ。そのあと、おまえは、本来を論《ろん》ずれば、みな無に属《ぞく》する、といったが、そっちのほうは納得《なっとく》できないがな。菩薩《ぼさつ》も妖怪《ようかい》もどのみち一念《いちねん》ってやつは、なんとなくわかる。」

「そうですか……。」

観音菩薩《かんのんぼさつ》はそうつぶやくと、

「ところで、悟空《ごくう》。おまえの頭にはまっているもの、それはなんですか？」

といった。

「あ、これね。」

と悟空《ごくう》は指先をにせ緊箍《きんこ》にあてて、答えた。

「これは、南海竜王敖欽《なんかいりゅうおうごうきん》のところの職人《しょくにん》が作ってくれた緊箍《きんこ》のにせ物さ。」

「なぜ、そのようなものをしているのです。」

「菩薩《ぼさつ》とかいわれて、あがめたてられてるわりにゃあ、ものわかりが悪いな、おまえ。そんなの、きまってるだろ。」

悟空《ごくう》はそういうと、体をひとゆすりして、とんぼ返りをうった。

たちまち觔斗雲《きんとうん》に乗った悟空《ごくう》は、観音菩薩《かんのんぼさつ》を見おろし、

「本物もにせ物もどのみち一念《いちねん》だからさ。」

というなり、あとはもうふりむきもせず、花果山《かかざん》にむかって飛《と》んでいったのだった。

◇この作品は、呉承恩の『西遊記』をもとに独自の視点で書き直した斉藤洋の「西遊記」シリーズの外伝として、新たに創作されたものです。

作者◆斉藤　洋（さいとう・ひろし）
1952年東京に生まれる。1986年『ルドルフとイッパイアッテナ』で講談社児童文学新人賞を受賞。1988年『ルドルフともだちひとりだち』で野間児童文芸新人賞を受賞。1991年「路傍の石」幼少年文学賞を受賞。主な作品に、『ドルオーテ』『ルーディーボール』（以上はすべて講談社）「なん者ひなた丸」シリーズ（あかね書房）『白狐魔記』（偕成社）『影の迷宮』（小峰書店）『風力鉄道に乗って』『テーオバルトの騎士道入門』『あやかしファンタジア』（理論社）などがある。

画家◆広瀬　弦（ひろせ・げん）
1968年東京に生まれる。絵本、本の挿絵などを数多く手掛ける。作品に、『ハリィの山』（ブロンズ新社）『ミーノのおつかい』『おおきなテーブル』『パコ』（ポプラ社）『冥界伝説・たかむらの井戸』（あかね書房）『まり』（クレヨンハウス）『ねこどこどこにゃあ』（小学館）『タートル・ストーリー』『にじとそらのつくりかた』（理論社）などがある。

西遊後記《さいゆうこうき》 一　還《かん》の巻

2013年4月初版
2015年2月第2刷発行

作者　斉藤 洋
画家　広瀬 弦
発行者　齋藤廣達
編集　小宮山民人
発行所　株式会社理論社
〒103-0001　東京都中央区日本橋小伝馬町9-10
電話　営業03-6264-8890
編集03-6264-8891
URL http://www.rironsha.com

デザイン　富澤祐次
組版　アジュール
印刷・製本　図書印刷

ISBN978-4-652-20014-8　NDC913　A5変型判　21cm　P206